빛의 산

JAPANFOUNDATION 国際交流基金
이 책은 일본국제교류기금으로부터 번역료, 인쇄·제본료의 일부를 지원 받아 제작되었습니다.

이 도서의 국립중앙도서관 출판예정도서목록(CIP)은
서지정보유통지원시스템 홈페이지(http://seoji.nl.go.kr)와
국가자료공동목록시스템(http://www.nl.go.kr/kolisnet)에서 이용하실 수 있습니다.
(CIP제어번호: CIP2015024242)

빛의 산

光の山

겐유 소큐 지음
박승애 옮김

 도서출판
펜타그램

차례

당신의 그림자를 끌고서

모리 신이치(森進一)가 목멘 소리로 부르는 '항구의 블루스'(1969년 모리 신이치가 발표하여 지금까지 사랑받는 곡으로, 특히 2011년 동일본 대지진과 관련하여 재조명되기도 했다 - 옮긴이)를 여태껏 애수 어린 사랑과 이별의 노래인 줄만 알았다.

'먼발치로 바라다보는 해협, 오늘도 뱃고동은 멀어져 가고.'

훗카이도 하코다테를 출항한 배는 연안을 따라 남하, 2절에서는 벌써 이와테 현 산리쿠 지방의 어항을 거쳐 미야기 현에 이른다.

'눈물 섞인 술에서는, 나를 속인 그 남자의 냄새.'

속였든 속이지 않았든, 남자든 여자든, 어른이든 아이든, 죄다 죄다 쓰나미에 쓸려가 버렸다.

'항구! 미야코, 가마이시, 게센누마.'

항구란 항구마다 배들이 뭍으로 떠밀려 들어왔다가, '노도와 같다'라는 말 말곤 달리 이를 길이 없는 성난 물줄기에 휩쓸려 갔다. 쓰나미는 집이며 나무를 닥치는 대로 덮쳤고, 사람들마저 집어삼키고서야 물러갔다. 쓰레기를 산더미처럼 남기고서…….

그곳에 '항구의 블루스'가 아득히 들려온다.

처음부터 쓰레기였던 건 아니다. 터울이 진 어린 동생이 타고 놀던 세발자전거도, 할머니가 마시던 약주도, 어머니가 신명나게 담근 멍게젓갈도, 아버지가 애지중지하던 털 달린 바다낚시용 낚싯바늘도, 죄다 그 임자들과 함께 시커먼 물살에 쓸려 갔다. 비명 소리조차 괴물이 으르렁거리는 듯한 굉음 속에 파묻혀 버리고 말았다. 거기에 남은 것이든 휩쓸려 간 것이든, 쓰나미라는 거대한 괴물의 몸뚱어리에 치이고 으스러지고 짓밟혀 쓰레기가 된 것이다.

영하 2도나 되는 피난 시설에서 담요 한 장을 같이 덮고 있던 할아버지가 말했다.

"으째 그때 같이 죽지 못했을꼬……."

"할아버지, 그런 소리 하지 마."

"모든 게 죄다 사라졌잖여."

"……."

"뭐 하나 남은 게 있어야 말이지."

눈물 콧물을 함께 흘리던 할아버지는 꼬질꼬질한 손수건을 꺼내 훔쳐 낸다. '내가 있잖아'라는 말 대신, 손녀는 바싹 마른 할아버지의 목과 어깨를 껴안았다.

할아버지가 갑자기 손녀의 무릎에 손을 얹은 채 물었다.

"그 남자애는 어떻게 됐냐?"

"할아버지……. 알고 있었어?"

"……알고 있었지, 그럼. 하지만 그 녀석은 못써. 하는 일이 틀려먹었어."

옆에 놓인 석유난로의 불그스레한 불빛을 들여다보며 그런 말을 하던 할아버지는 금세 미안해하는 얼굴로 변했다.

"좋든 나쁘든……. 어째 살아는 있는 거냐?"

"……몰라유."

쓰지 않을 작정이던 사투리가 불쑥 튀어나왔다.

"모른다니께, 할아버지."

계속 걸리지 않는 휴대전화를 호주머니 위에서 꽉 쥔 채 손녀는 어느 틈엔가 주름투성이 할아버지 목에 매달렸다.

산리쿠에서 내륙으로 조금 들어와 있는 오슈 시. 점심시간, 식당 맨 안쪽 구석 자리에서 불고기 정식 곱빼기를 볼이 미어지게 입안으로 욱여넣는 청년을 그 부모와 여동생이 말없이 지켜보고 있다. 마치 외계인이라도 보는 듯, 생경한 표정들이다.

"정말 다시 돌아갈 거니?"

어머니가 물어도 잠자코 채소만 우적우적 씹는다.

"오빠, 그만두면 안 돼?"

고등학생인 여동생의 말도 못 들은 척 젓가락만 열심히 움직인다.

작년에 도쿄전력에 취직한 아들은 오로지 영양을 섭취할 뿐이라는 듯 추가 주문한 덮밥마저 입안으로 쓸어 넣었다. 취직 시험에 합격했을 때만 해도 장하다며 동네방네 자랑스러워하던 효자 아들이 아니던가. 그런데 올해 삼월 중순이 지나면서, 사정은 아주 딴판으로 변했다.

아들은 일주일에 한 번, 도망치듯 집으로 돌아와서는

샤워를 하자마자 무너지듯 방에 들어가 곯아떨어졌다. 잠에서 깨면 은색으로 보이는 눈을 가느다랗게 뜨고 계단을 내려오지만 아무런 말도 하지 않는다. 아들이 좋아하는 미즈사와 산 소고기를 내놓는 식당에 데려가, 어떻게든 사람들 눈을 피해 가며 배불리 먹여 보낼 따름이었다. 그게 아버지로서는 딱하고도 분한 일이었다.

회사를 비판하지 않는다. 동료를 배반하지 않는다. 다수의 이익을 우선한다. 그것은 모두 자기가 아들에게 가르쳐 온 것이 아닌가. 아들은 번듯하게 잘 자라 주었다. 그러니까 지금까지 두 번이나 우는 소리도 안 하고 잠자코 회사로 돌아간 거다.

"너무 무리하지는 마라."

아버지는 그렇게 말하며 식당 문 앞에서 아들의 손을 잡았다. 아들은 말없이 고개를 끄덕였다.

"그 애랑은 어떻게 됐니?"

딴에는 신경 써 준다고 웃으며 나지막이 물었더니, 아들은 아버지를 쏘아보며 말한다.

"만나 줄 리가 없잖아. …… 이렇게 잔뜩 피폭 당했는데."

이럴 때 설핏 웃는 것도 애비한테 배운 건가…….

어딘가의 술집에서 모리 신이치를 흉내 낸 떨리는 목소

리가 들려온다.

'떠나가는 배, 들어오는 배, 이별의 배 / 당신을 싣지 않고서 돌아온 배 / 뒷모습이 닮았나 싶었지만 타인이었네.'

차라리 타인이었으면, 닮았다며 그저 재미있어하고 말지. 그러나 자신을 닮아 살짝 안짱다리 걸음을 하고, 차에 올라타서는 젊은 시절 아내를 쏙 빼닮은 흰 손가락으로 휘휘 손짓하는 아들의 모습에, 아버지는 마치 천적이라도 맞닥뜨린 양 그 자리에 얼어붙어 옴짝달싹할 수 없었다.

폐렴에 걸린 손녀는 겨우 삼 일을 앓다 죽었다. 혼잡한 병원에서 시신을 인수해 준 이는 같은 피난 시설에 있던 학교 선생님이었다. 중학교 때 손녀의 담임이었다고, 텁석부리 몰골로 울음을 터뜨리며 그이는 말했다. 손녀의 유골을 절에 안치한 뒤, 할아버지는 그 무렵 겨우 복구된 열차에 훌쩍 올라타 무작정 남쪽으로 향했다.

미나미소마 파출소의 젊은 경찰관은 난처해서 어쩔 줄을 모르고 있다.

"안 돼요, 할아버지. 여기서부터 더 이상 남쪽으로는 가면 안 될 뿐더러, 소들은 벌써 죽었다고요."

"괜찮대도 그러네. 아무것도 안 보이는데 뭐 방사능이

고 뭐고 난리여 난리가. 소가 죽으면 나도 죽는 거여."

"안 된다니까요."

할아버지는 텔레비전을 보다 내버려진 소들이 있다는 사실을 알고는, 아무런 생각 말고 소를 돌보고 싶어졌다. 어린 시절엔 언제나 소나 말이 곁에 있었다. 할아버지는 죽을 작정을 한 게 아니라, 간신히 살아야 할 이유를 찾아낸 게다.

파출소 책상 위의 라디오에서 '항구의 블루스'가 흘러나왔다.

'당신의 그림자를 끌고서 / 항구! 미야코, 가마이시, 게센누마.'

귀뚜라미

이 요양원에 들어오고 나서 아버지는 그래도 많이 안정된 편이다. 높은 지대에 지어진 시설이라 창가로 다가가니 소나무 숲 사이로 파랗게 가라앉은 바다가 내려다보였다. 아버지는 그곳에 작은 포구와 바다가 있다는 것을 알고 있을까?

아버지는 몇 번이나 인사를 하는 아야의 앞을 아무런 반응도 없이 지나치고, 미치히코에게 시선을 주는 일도 없이 허청허청 그의 앞을 지나서, 갈색 승복에 싸인 구부정한 등을 이쪽으로 향한 채 창문에 얼굴을 바짝 붙이고는 꼼짝도 하지 않았다. 창밖에는 벌써 싸리꽃이 활짝 피어 있었다.

"아버지……."

미치히코는 다시 한 번 아야를 소개하려고 아버지를 불렀다.

아버지는 그 일이 있고 나서, 어느 결엔가 염불은 예전과 같이 하게 되었지만 이상하게도 말은 한 마디도 하지 않았다. 염불을 할 때 목소리가 멀쩡하게 나오는 것으로 보아 성대에는 특별한 이상이 없는 것이 분명한데, 그냥 말만 안 하는 게 아니라 아버지는 입을 굳게 다문 채 다른 사람과 눈이 마주치는 것도 피했다. 아버지는 더 이상 머리도 밀지 않는다. 그동안 덥수룩하게 자란 머리카락 때문에 반년 전하고는 전혀 다른 사람으로 보였다.

"가시와기 아야라고 합니다."

잘 부탁드립니다, 라며 거듭 고개를 숙이는 아야를 피해 미치히코 쪽으로 천천히 돌아선 아버지는, 다시 시선을 피해 허공을 응시했다. 미치히코는 아야의 부모님과 동생이 이번 쓰나미로 죽었고, 둘은 피난 시설에서 만났으며, 오본(御盆. 양력 8월 15일을 중심으로 행하는 죽은 조상에 대한 제례-옮긴이) 전에 대웅전 터에다 겨우 철제 조립식 가건물을 지어서 임시로 절 운영을 하고 있고, 최근에는 아야가 그 일을 도와주고 있다고 아버지에게 말했다. 아버지

들으라고 하는 소리가 아니라 아버지 앞에서 아야에게 확인하는 기분으로 하나하나 차분하게 설명했다.

얼마나 알아들은 것일까. 아버지의 시선은 여전히 허공을 헤매고 입은 반쯤 벌린 채 쓰나미라는 말에도 별다른 반응을 보이지 않았다. 아버지는 미치히코의 말이 끝나기를 기다렸다가 일단 침대에 걸터앉았더니 다시 일어나 양손을 부자연스럽게 구부려 허공으로 들어 올렸다. 그러더니 머리 위의 벌레라도 쫓는 것처럼 양손을 움직이며 엉덩이를 뒤로 뺀 채 오른쪽으로 빙빙 돌기 시작했다.

창가와 침대 사이의 1미터밖에 안 되는 공간에서 드디어 아버지의 '빙글빙글'이 시작되었다. 시설의 여자 원장에게 이야기는 몇 번 들었지만 실제로 본 것은 그때가 처음이었다. 뭐가 스위치를 누르는지 지금도 알 수 없지만, 아버지는 하루에도 몇 번씩 이런 춤 비슷한 의식을 되풀이하는 모양이었다. 그 모습을 멍하니 지켜보는 두 사람의 등 뒤에서 출입구를 지나던 직원이 경쾌한 목소리로 말했다.

"어머나, 스님. 오늘도 빙글빙글 시작하셨네. 참 기운도 좋으셔."

그렇다. 아버지는 여기서는 '빙글빙글 스님' 등으로 불리고 있다. 원장은 가끔씩 아버지를 '빙글빙글 법사님'이라고도 불렀다. '쓰레즈레구사(徒然草. 가마쿠라 말기의 수필. 마쿠라노소시枕草子와 함께 일본 수필 문학의 쌍벽을 이룸 – 옮긴이)의 한 구절을 인용한 것이겠으나, '빙글빙글'의 의미를 알고 있는 미치히코로서는 무척이나 가슴이 아팠다.

몇 번이나 미치히코를 돌아보며 당혹한 표정을 감추지 못하던 아야가 갑자기 아버지 쪽으로 다가가자 미치히코도 침대에서 베개를 집어 들고 아야의 뒤를 따랐다. 빙빙 돌던 아버지가 다 돌아간 팽이처럼 금세라도 쓰러질 듯 보였다. 아마 아야도 같은 생각을 한 것 같았다.

아야에게만은 이야기해 두자. 미치히코가 그렇게 결심하고 말을 꺼낸 것은 저녁 식사를 마친 후 미짱이 잠이 든 것을 확인한 다음이었다.

미짱과 아야는 며칠 전 조립식 건물인 대웅전 한쪽 구석에 세 폭짜리 병풍으로 칸막이를 치고 그 뒤에서 기거하기 시작했다. 다섯 살짜리 미짱은 피난 시설에서 데려온 아이였다. 물론 미치히코나 아야와는 피 한 방울 섞이지 않은 남남이다. 반년 전에 이 지방을 덮친 쓰나미에 부모 형제가 모두 죽고 집까지 떠내려간 후 유일하게 남은 혈육

인 할머니와 함께 피난 시설에서 지냈는데 할머니마저 며칠 전 병원에 입원을 하고 말았다. 아야는 그날로 미짱을 이곳으로 데리고 왔다. 미짱은 오늘부터 다니기 시작한 어린이집에서 꽤나 신나게 놀았던 모양인지 저녁으로 카레를 먹은 후 그 자리에서 바로 잠이 들어 버렸다.

미치히코는 밥상으로 사용했던 작은 탁자를 다다미 서른 장 크기(약 50제곱미터 - 옮긴이)의 가설 대웅전 중앙으로 옮겨 놓고 바깥의 수돗가에서 설거지를 하는 아야가 돌아오기를 기다렸다가 아야가 낮에 자기에게 물었던 것에 대해 제대로 된 대답을 하기로 했다.

"왜 빙글빙글 스님이라고 부르는 거예요?"

"……스님이라고 불러 주는 것만도 고맙지."

얼버무려 버리는 미치히코의 대답에 아야는 서운한 얼굴로 입을 다물었다. 미치히코는 절로 돌아와서 쓰나미가 휩쓸고 간 절터에서 주워 온 범종과 크고 작은 경쇠 따위의 여러 가지 불교용품을 보니 아버지의 옛날 모습이 떠올라 미짱과 놀아 주면서도 불쑥불쑥 울음이 복받쳤다.

미치히코는 제단에 놓인 어머니의 사진을 의식하면서 좌선을 하며 자기도 아직 한 번도 입 밖으로 내놓지 못했던 그날의 장면들을 하나씩 반추해 보았다. 오랜만에 다시 떠올려 보는 쓰나미 광경이었다. 마을회관 지붕을 넘어서 다가오던 그 공포의 검은 산…….

잠시 후에 아야가 쟁반에 차를 받쳐 가지고 왔다.

휘장도 없이 그대로 노출된 본존불을 향해서 한 손으로 예를 올리고는 다다미 위에 무릎을 꿇고 탁자에 차를 올려 놓은 다음 다시 한 번 합장을 했다. 아마도 석가여래를 향해서 합장을 하는 것 같았다. 이번에는 두 손으로 합장을 했다. 절의 법도는 아무것도 모른다는 아야에게 우선 여기 있게 된 이상 한 가지는 지켜 달라고 미치히코는 말했다.

"눈에 보이지는 않아도 언제나 소중한 존재가 분명 곁에 계시거든. 본당에 들면 먼저 이쪽 내진(內陣)을 의식할 것."

막연한 설명에 아야는 쓰나미에 휩쓸려 볼품없어진 불상보다도 오히려 오른쪽 아래에 모신 제 가족의 유골과 영정을 떠올렸으리라. 바로 옆에는 미치히코의 어머니 사진도 있다. 그러나 아야의 합장은 다음 날은 확실하게 중앙의 본존불상을 향했다. 저 혼자 비는 것보다 부처님께 부탁을 드리는 게 낫다고 생각했는지 모른다.

아야는 탁자 위의 찻잔을 뚫어져라 쳐다보다가 앞니로 아랫입술을 깨물었다. 그건 아야가 잠자코 미치히코의 말을 기다릴 때 나오는 버릇이었다.

이렇게 아야를 앞에 놓고 보니 점점 더 생각이 복잡했다.

마흔세 살이나 된 총각인 자기가 이제 와서 스물다섯의 아야에게 무슨 기대를 하는 것은 아니다. 그러나 반년 전에 엄청난 재난을 겪은 후에 같은 피난 시설에 아야가 없었다면 자기는 승려라는 자각을 아예 잃어버렸을지도 모른다. 아야는 변함없이 "스님, 스님" 하고 자기를 따랐다. 부녀 사이도 아니고 남매 사이도 아니다. 더욱이 연인이 될 수 있는 사이도 아닌 이런 애매한 관계야말로 참으로 절에서나 가능한 관계가 아닐까. 미치히코는 아야를 마주 보고 앉아 '빙글빙글'의 유래에 대해, 즉 자기와 아버지가 그날 겪었던 끔찍한 일들에 대해 처음으로 입에 올렸다. 이야기를 해 두자는 생각이었다기보다, 실은 아야가 제 이야기를 들어 주었으면 하고 미치히코는 바랐던 것이다.

그날 아침 어머니는 연못의 잉어에게 줄 먹이를 사러 해안가에 있는 대형 마트에 가야겠다는 말을 했다. 연못에는 신도의 집에서 사다 준 비단잉어도 몇 마리나 있었지만, 어머니가 좋아하는 잉어는 옛날에 아버지와 함께 근처 낚시터에서 잡아 온 그냥 흔한 보통 잉어였다. 어머니는 그

잉어에게 고로라는 이름까지 붙여 주고 귀여워했다. 고로가 좋아하는 먹이는 해안가까지 내려가야만 살 수 있었다.

아침 식사로 토스트를 거북하게 씹어 가며 아버지는 "미치히코는?" 하고 물었다. 함께 안 가냐는 소리였나? 그후 미치히코는 몇 번이나 그 말이 회상되곤 했다. 그러나 그때는 그날 뭐 할 거냐는 소리로 알아듣고 "오히간(彼岸. 춘분과 추분을 전후한 일주일 정도의 기간으로, 이때 조상들에게 제사를 지낸다.-옮긴이)도 다가오는데 풀이나 뽑으려고요" 하고 대답한 후 "아버지는?" 하고 되물었다.

아버지는 절에서 100미터 쯤 강가를 따라 내려가면 있는 고이케 씨 집 신위를 모시는 일을 맡았다고 했다. 고이케 씨는 오랫동안 병석에 누워 있는 환자였다. 그러고는 우유로 토스트를 넘기며 묻지도 않은 고이케 씨와 돌아가신 고이케 씨의 시부모 이야기를 늘어놓았다.

물론 아야에게는 그 부분의 이야기는 건너뛰었다.

"그놈의 할망구, 어찌나 기가 센지, 자기 시부모하고는 아주 앙숙이었지. 그런데 자기가 자리보전을 하고 누워서 며느리 시중을 받는 처지가 되고 보니……. 아마도 죽은 남편과 나란히 자기 위패도 만들어 줬으면 하는 생각이 들었나 보지. 갑자기 시부모의 옻칠 위패를 만들어 가지고는 혼을 모셔 달라네. 마침 그날은 며느리가 쉬는 날이라나."

"혼을 모시다니요?"

아야가 조심스런 목소리로 물었다.

"이제부터 신적인 대상으로 섬기겠다는 결의를 하는 의식이라고나 할까."

그렇게 현실적으로 대답하자 아야는 다시 아랫입술을 꼭 깨물고 미치히코의 말을 곰곰이 생각하더니 긴 머리를 가만가만 끄덕였다.

아무튼 아버지는 아침 식사가 끝난 후 바로 백의와 법복으로 갈아입고 걸어서 아랫동네로 내려갔고, 어머니는 쉰이 넘어서 딴 운전면허로 경자동차를 몰고 외출했다. 해안까지는 5킬로미터 정도였다. 어머니는 해안 마을에 갈 때는 대개 동네 아줌마들을 불러서 같이 가서 점심까지 먹고 왔다. 그러나 그날 조수석에 누군가가 탔었는지 아니면 혼자였는지는 아직까지도 밝혀지지 않았다.

아버지는 신위 모시는 일을 끝내고 돌아오더니 바로 오히간 스투파(卒塔婆. 죽은 사람의 공양을 위하여 범자나 경문 구절 따위를 적어 묘지에 세우는, 위가 탑처럼 뾰족하고 갸름한 나무판자 - 옮긴이) 쓰는 일을 했던 것 같다. 지장보살 주위의 풀을 뽑고 있던 미치히코가 살림집으로 들어왔을 때 아버지는 작업복 차림으로 부엌에서 붓을 빨고 있었다.

"어땠어요?"

미치히코가 물으니 아버지는 쓴웃음을 지으며 말했다.

"사람이 남의 신세를 지려면 눈치가 좀 있어야지."

"고이케 할머니 또 역정 내고 그러세요?"

"응, 아무래도 혼자서 죽을 수 있다고 생각하니까 안
되는 거야."

그런 대화를 나누었던 것을 기억한다. 그날은 어머니가
점심때까지 돌아오지 않을 것을 알고 있었기에, 미치히코
는 우동 삶을 물을 불에 올려놓고 다시 밖으로 나갔다. 물
이 끓을 때쯤 부엌으로 돌아와 보니 아버지가 벌써 파도
다 썰어 놓고 우동을 냄비에 넣으려던 참이었다. 어머니가
있으면 절대 안 하지만 아버지는 혼자서 부엌에 들어가기
를 꺼리는 사람이 아니었다.

꿇었던 다리를 옆으로 가지런히 고쳐 앉은 아야가 그
대목에서 빙긋 웃었다.

"왜?" 하고 미치히코가 묻자, "스님도 그러셔요?"라고
바로 묻는다.

"아니, 난 정말로 부엌일 못해."

그렇게 대답을 했지만 아야는 믿지 못하겠다는 표정으

로 웃더니 이내 또 아랫입술을 조용히 깨물었다.

길고 긴 흔들림이 찾아온 것은 튀김과 매실 장아찌와 파만 얹은 간단한 우동을 먹고 막 설거지를 끝낸 뒤였다. 아버지는 평상시 식후 모습 그대로 소파에 앉아 꾸벅꾸벅 졸았고, 미치히코는 거실에서 읽던 불교 서적을 마저 읽고 있었다. 그날은 좀 쌀쌀했던 터라 아버지 발 근처에서는 석유난로가 빨간 불빛을 내고 있었다.

어디선가 낮게 으르렁거리는 소리가 들리는가 싶더니 바로 휴대전화에서 지금까지 들어 본 적이 없는 커다란 경고음이 울렸고, 바깥에서 시바견 본이 맹렬하게 짖었다. 창문이 덜컹거리고, 엄청난 소리가 전신을 덮쳤다. 액자가 떨어지고 여기저기서 물건들이 떨어졌다. 난로는 자동으로 불이 꺼져 하얀 연기를 피워 올렸다. 흔들림이 전혀 진정될 기미를 보이지 않자 미치히코는 아버지의 손을 잡아끌고 비틀거리며 부엌문을 통해서 밖으로 나왔다.

미치히코가 타고 다니는 세단이 차고 벽에 부딪치며 우지끈하는 소리를 냈다. 빨랫줄처럼 늘어진 전선 끝에는 전봇대가 크게 기울어져 있었다. 절의 정문 앞에서 강둑으로 이어지는 50미터쯤 되는 논바닥이 기어오르는 것처럼 두세 번 꿈틀대더니 땅에서 무언가 뿌옇게 피어오르는 것이 눈에 들어왔다. 길바닥에 주저앉은 아버지를 두고 대웅전 쪽으로 돌아가 보니 지장보살이 쓰러져 있었고, 미치히코가 보는 앞에서 커다란 관음상이 얼굴부터 고꾸라졌다. 목이 쉬도록 짖어 대는 열두 살짜리 본은 이미 얼이 반쯤이나 나가 있었다. 대웅전 건물 전체에서 희뿌연 가루 같은 것이 뿜어져 나오는 모습을 보니 미치히코도 이가 덜덜 떨렸다. 개를 묶었던 줄을 풀어 본을 안아 올리는데 연못가의 땅이 아래로 쑥 꺼지더니 거기서 물이 왈칵 솟아올랐다. 본을 껴안고 살림집 쪽으로 돌아오니 아버지는 개구리처럼 땅바닥에 두 손을 짚고 "마누라, 마누라!" 하며 쉰 소리로 부르짖고 있었다.

겨우 흔들림이 진정되는가 싶어 본을 안은 채 살림집 현관으로 들어와 보니, 집안은 그야말로 아수라장이었다. 장신구, 인형, 책 등 물건이란 물건이 바닥에 겹겹이 널브러져 맨발로는 들어갈 수 없는 상태였다. 양념통, CD, 깨진 꽃병, 손톱깎이, 신문 따위가 멋대로 뒤섞여 있는 속을 슬리퍼를 신은 채 헤집어 가며, 미치히코는 간신히 바닥에 떨어져 있던 휴대전화를 찾아내 우선 어머니에게 전화를 걸었다.

그러나 몇 번을 걸어도 받지 않았다.

"큰일 났네. 어머니 전화 안 받네."

그렇게 말하며 현관으로 되돌아가니 아버지는 현관 카펫에 걸터앉아 본을 두 무릎 사이에 끼고 양손으로 얼굴을 쓰다듬고 있었다. 매일 저녁 산책을 시켜 주거나 먹이를 주는 사람이 아버지인지라, 본은 아버지와 함께 있는 것이 가장 안심이 되는 모양이었다. 미치히코가 교토의 도량으로 수련을 나가 있는 동안, 오본 때 대웅전 앞에 버려진 강아지를 거두어 '본'이라는 이름을 붙여 준 이도 아버지였다.

"누구랑 갔다니?"

"몰라요. 아마 사토 아줌마 아니면 기쿠에 아줌마겠죠."

사토 가즈에 씨와 호리우치 기쿠에 씨는 찬불가 회원으로 일찌감치 남편을 여읜 사람들이었다. 혼자 사는 몸이라 평상시에 시내에 나가고 싶어도 차편이 없던 터라 어머니가 함께 가자고 하기만을 기다리는 사람들이었다.

엉망진창으로 변해 버린 집안을 바라보며 미치히코는 휴대전화를 손에 든 채, 대형 마트의 물건들이 모두 쏟아져 내렸을 광경을 떠올렸다. 그러나 바로 지금쯤이라면 어머니도 어디선가 점심 식사를 끝냈을 거라고 생각을 고쳐

먹었다. 그토록 좋아하는 초밥집, 아니면 도화루라는 중국집……

흔들림은 일단 진정되고, 현관 입구에 꼼짝 않고 앉아 있는 아버지의 발치에는 본이 머리를 땅에 내려놓고 얌전히 엎드려 있었다. 다시 어머니에게 전화를 거는데 아버지가 미치히코를 돌아보며 조금 밝은 목소리로 말했다.

"차나 한 잔 마시자."

잠깐 망설였으나 이럴 때일수록 한 차례 호흡을 가다듬는 게 필요하겠다 싶은 생각이 들었다. 다시 신을 신은 채로 부엌으로 돌아가 용케도 깨지지 않고 남아 있는 포트와 찻주전자 그리고 바닥에 떨어져 뒹구는 찻잔 중에서 손님용으로 두 개를 챙기고, 문득 생각이 나서 어머니가 부엌에서 듣는 라디오도 쟁반에 같이 담아 들고 나왔다.

라디오에서는 지역별 지진 진도를 알리고 있었는데, 현 북부는 진도 7이라고 한다. 지금까지 들어 본 적이 없는 숫자에 어안이 벙벙해 있는데 아나운서가 긴박한 목소리로 '대형 해일 경보'를 알렸다.

"6미터 이상의 쓰나미가 예상됩니다. 해안 지역의 주민들은 긴급히 고지대로 피난해 주시기 바랍니다."

방송은 각 지역별 진도와 피난 지시를 번갈아 가며 반

복해서 내보냈다.

"6미터라……, 크구먼!"

아버지는 새로 만들어 준 차를 마시며 혼자서 중얼거렸다. 그러나 약간은 진정된 목소리로 "작년 칠레 지진 때도 결국은 1미터 정도에 그쳤지" 하고 말을 이었다. 그러고 보니 작년 2월 칠레 지진 때도 '쓰나미 경보'가 있었지만 결과적으로 큰 피해는 없었다.

"그렇지만 진짜로 6미터가 넘는 쓰나미가 온다면 여기도 위험해요. 차로 피난하는 게 좋겠어요."

미치히코도 차를 마시며 머리로는 피난할 길을 생각하고 있었다. 어머니와 연락이 닿지 않는 것은 걱정이 되지만 원래 야무진 사람이니까 벌써 차로 신사가 있는 언덕에 피난 가 있을지도 모른다는 생각이 들었다.

절이라고는 하지만 몇 년 전에 새로 지은 현대풍의 빌딩인지라 절다운 것이라고는 정면 벽에 걸렸던 '무사(無事)'라고 쓴 액자뿐이었다. 종정 큰스님이 써 준 그 액자는 기울어진 채 L 자 못에 대롱대롱 매달려 있었다. 유리가 깨진 둥근 창에서 찬바람이 불어 들어와 액자를 흔들었다.

"그랬죠. 처음에는 6미터라고 했었어요."

아야가 갑자기 입을 열었다. 그때의 일에 대해서는 아야에게 전에 한 번 들은 적이 있었다. 그때 아야는 해안가에 위치한 수산물 가공 공장의 사무실에서 근무하고 있었는데 친구 차를 타고 집이 있던 구시가지로 갔다. 아마도 그때 차 안에서 라디오로 경보를 들었을 것이다. 라디오에서는 6미터가 넘는 쓰나미가 몰려올 것이라는 경보를 계속 내보냈지만 많은 사람들이 그 말을 액면 그대로 믿지 않았다.

그때 아야의 남동생은 근무하는 요양 시설에서 입소자들을 가까운 시설로 정신없이 실어 나르고 있었다. 예순 명 가까운 입소자를 휠체어에 태운 다음 봉고차에 실어 현재 아버지가 있는 시설 등 가까운 곳으로 옮겨야 했다. 큰 시설로 옮기려면 근처의 다른 면까지 가야 하는데 그러기에는 시간이 너무 없었다. 사회복지협의회 버스는 선약이 돼 있어서 쓸 수가 없었고, 시설에는 봉고차만 두 대 있을 뿐이었다. 쓰나미는 약 30분 후로 예상되지만 그보다 빨리 올 가능성도 얼마든지 있다고 라디오에서는 경보가 되풀이되었다.

"6미터 정도였다면 동생이 근무하는 시설도……."

미치히코는 말을 꺼냈다가 바로 말을 삼켰다. 올해 사

회복지사 자격을 딴 두 살 아래의 동생은 마치 순사(殉死)라도 한 듯 수도 없이 찌그러진 휠체어 옆에서 발견되었다. 그리고 시신 안치소에서 본 유해에는 무슨 이유인지 왼팔이 없었다. 아야는 금방 눈물이 글썽글썽해지면서 왼쪽 어깻죽지를 원피스 위로 감싸 쥐었다.

해안도로에서 아야의 부모가 사는 데까지 얼추 3킬로는 떨어진 터였다. 시가지의 해발이 낮다는 것은 알고 있었지만 집은 철근 콘크리트로 지은 삼층집인지라 아야도, 뭐 괜찮겠지, 하고 있었다. 해안 쪽의 평지에는 높은 건물도 줄지어 서 있고, 쓰나미가 온다고 해도 어쨌든 물살이니까 거기까지는 못 올라오겠지 생각했다.

역시 생각했던 대로 부모님은 일 층 의류 가게의 영업을 중단하고 안에서 물건을 정리하고 있었다. 쇼윈도는 겨우 무사했지만 선반에서 떨어진 담요나 시트 상자가 금전출납기나 알록달록한 소품들과 함께 바닥에 뒹굴고 있었다.

"쓰나미가 와요!"

아야는 차에서 내리자마자 가게 문을 열고 외쳤다.

"6미터도 넘는대요. 도망쳐요."

그러나 아버지는 쭈그리고 앉은 채 바닥에 떨어진 물건

들을 주워 올리던 손을 멈추지 않았고, 어머니가 종종걸음으로 안쪽으로 뛰어 들어가며 말했다.

"우리도 금방 따라갈 테니까 너 먼저 가 있어."

어딘지 부부싸움을 하고 난 분위기였다. 다니던 회사를 그만두고 둘이서 시작한 의류 가게에 부모님이 얼마나 애착을 가지고 있는지는 아야도 잘 알고 있었다. 그러나 안에서 텔레비전 소리도 나는지라, 아야는 "신사예요" 하고 확인해 두고는 어머니의 말을 믿고 동료의 차에 다시 올라탔다.

라디오에서는 그 뒤로 쓰나미의 높이가 10미터 이상 될 것이라는 정정 보도가 있었던 모양이었지만, 그것은 아야가 신사가 있는 언덕을 다 올라가 발밑의 쓰나미를 두 눈으로 보고 나서야 안 사실이었다.

미치히코는 그러나 10미터가 넘을 것이란 소리를 들은 기억이 없었다. 이제 와서 그런 말을 해 봤자 아무 소용도 없는 이야기지만 막 차를 다 마셨을 즈음에 집 전화가 울려 화들짝 놀라 거실로 뛰어 들어갔다. 받아 보니 시내에 사는 신도 한 사람이 지진 때문에 계단에서 미끄러졌는데 구급차도 오지 못하는 상태에서 숨을 거두었다는 소식이었다.

현관으로 돌아와 아버지에게 그 사실을 보고하니 아버지는 벌떡 일어나 늘 하던 식으로 고인의 집 쪽을 향해 깊이 합장을 올렸다. 입관하기 전에 죽은 사람의 머리맡에서 독경을 하는 일을 미치히코에게 맡긴 2년 전부터 아버지는 이런 식으로 그 자리에서 독경을 하는 습관이 생겼다. 그때 아마 미치히코는 라디오를 껐던 것 같다. 뚜렷하게 기억나지는 않지만 그 혼란 중에서 가족을 잃은 사람들을 생각하고 몹시도 마음이 언짢았던 것만은 기억이 난다. 아마도 독경이 끝나는 것을 기다려 그대로 차의 시동을 걸러 갔던 것 같다.

그리고 아버지가 본을 데리고 차에 막 올라탔을 때, 미치히코의 휴대전화가 울렸다. 얼른 열어 보니 화면에 '어머니'라고 떴다.

"어, 어머니에요!"

저도 모르게 아버지에게 외치고는 통화 버튼을 눌렀지만 아무 말도, 아무 소리도 들려오지 않았다.

그래도 어머니는 무사하고, 휴대전화 회선에 문제가 생겼을 뿐이라 생각하고 그냥 차를 출발시키려고 하는데 이번에는 아버지가 "고이케 씨는 괜찮을라나" 하고 중얼거렸다. 고이케 씨의 집은 바다 쪽으로 가까운 만큼 절보다는 다소 해발이 낮았다. 게다가 며느리 혼자 휠체어를 탄 시어머니를 과연 차에 실을 수 있을까 생각하니 미치히코도 걱정이 되었다. 그래도…… 시간도 없는데…… 이쪽은 강에 가깝긴 해도 해안은 아니니까, 라고 생각키로 했다.

차를 돌려 논 사이로 달리기 시작하는데 강둑의 도로에는 벌써 산 쪽으로 향하는 차량 행렬이 장사진을 치고 있었다. 갓길도 없는 좁은 길이라 역방향으로 가는 건 무리였다. 미치히코는 고이케 씨에게는 손주도 둘이나 있어 며느리가 학교에 애들을 데리러 갔을지도 모르겠다는 생각이 들었지만 아버지에게는 말하지 않았다.

"괜찮으리라 생각하는 수밖에 없어요. 게다가 이 길로는 못 가겠는데요."

그렇게 대답한 직후였던 것 같다. 쫘앙! 하는 소리가 바다 쪽에서 두 번 들려왔고 이윽고 먼 데 하늘이 흐릿해지더니, 검은 산에 하얀 꼭대기가 나타났다.

어둑한 하늘 위로 치솟았던 간판이며 지붕이며 전봇대까지도 퉁겨지듯 쓰러지며 빨려 들어간다……. 저게, …… 쓰나미란 말인가. 그것은 파도가 아니라 산이거나 벽이었다.

미치히코의 입에서는 말이 아닌 괴성이 터져 나올 뿐이었다. 신음을 뱉으며 다시 절 마당으로 후진을 하고 차에서 내려 조수석에 앉아 있던 아버지를 내리게 해서 허겁지겁 살림집 이 층으로 올라갔다.

도대체 거기서 얼마나 시간이 흘렀던 것일까? 평상시 부모님의 침실로 쓰던 작은 방에 들어가 서 있는데 시간 감각이 완전히 사라져 버렸다. 아버지가 책장에서 떨어진 금강경을 주워 들고 독경을 시작한 것과 미치히코가 창문을 열고 동쪽을 바라본 것, 어느 쪽이 먼저였는지도 가물가물하다.

창문에서 본 검은 산은 불길하고 무서운 소리를 내면서 스스로 그 소리에 빨려 들어간 것처럼 기묘하게 조용히 다가왔다. 마을회관 이 층 건물을 타고 넘어 그 지붕이 녹아드는 것처럼 거대한 덩어리에 휩싸이는 것을 보고 미치히코는 창문을 닫았다. 이제 모든 것이 끝이라고 생각했다. 본은 두 사람에게서 이상한 분위기를 눈치 챘는지 처음으로 올라와 본 이 층 방의 어지럽게 흩어진 옷가지들 위에 앞발을 버티고 서서 열심히 독경을 하는 아버지를 불안한 눈으로 올려다보았다.

문득 정신을 차리고 보니 아야가 눈물을 글썽거리고 있었다. 이렇게 순서대로 이야기를 들으니 자기도 모르게 부모님의 마지막 모습을 떠올린 것 같았다. 아야의 부모는 결국 끝까지 집에서 나오지 못했고 삼 층에서 포개어져 죽은 모습으로 소방대원들에게 발견됐다. 어째서 좀 더 강하게 피난 가자는 소리를 못 했을까. 왜 나만 구조를 받았단 말인가. 아야의 마음속에서 끝도 없이 메아리치는 해결할 수 없는 물음이었다.

어스레한 대웅전 주위는 순식간에 칠흑 같은 어둠에 휩싸였고, 높은 천장에 걸린 형광등 하얀 빛이 아야의 눈동자에 어지럽게 반사되고 있었다.

그러고 보니 아야는 오늘도 차를 마시지 못한다. 피난 시설에서 생활할 때는 목욕이나 샤워도 못 하고, 물이 가득 담긴 것만 보면 몸이 얼어붙어 움직이지도 못했던 모양이었다. 그래서 취사 당번이 되면 가능한 한 물이 있는 곳을 피해 야채를 다듬거나 썰거나 하는 일을 했다. 그러나 자기 입장을 강하게 내세울 줄도 모르는 아야는 가끔 된장국을 끓이는 대형 냄비를 담당하게 될 때도 있었다. 그 앞에서 거의 실신할 지경이 된 것을 미치히코가 불려 가 구호반까지 데려간 적도 있었다.

오본이 지나고, 가설주택에 입주한 대부분의 사람들이 피난 시설로 식사를 받으러 오는 것을 보고 미치히코는 보헌금으로 나온 3000만 엔으로 얼마 전에 임시로 지은 철제 대웅전에서 식사 봉사를 시작했다. 가족을 잃어버린 신자 몇 명과 아야가 그 일을 도왔다. 아야는 가설주택의 샤워장은 쓸 수 있게 된 모양이나, 된장국이며 차 같은 혼자서 마주해야 하는 액체가 두려운 듯했다. 모두 함께 만든 된장국을 먹으려고 기울인 사발 안을 들여다보고, 그 어둠 속에서 꿈틀거리는 액체에 기겁을 하고 물러나는 일도 자주 있었다.

이런 저런 일들을 떠올려 가며 미치히코도 입을 다물었다. 기억을 더듬던 일을 그쯤에서 멈추고 혼자 차를 마셨다.

매일 아침 불경을 올릴 때면 언제나 쓰나미의 잔해인 황량한 쓰레기 벌판이 뇌리에 떠올랐다. 기괴한 자세로 나무나 전봇대에 엉켜 있던 개나 고양이의 시체. 그리고 쓰레기와 진흙에 반쯤 묻힌 사람의 어깨나 다리, 머리⋯⋯. 미치히코가 어머니를 찾아 돌아다니면서 목도한, 결코 텔레비전 화면에 비치는 일 없는 재난 지역의 적나라한 풍경이었다.

그러나 미치히코는 언제나 쓰나미에 휩싸였던 순간까지 기억을 되짚어 가지 않는다. 거의 본능적으로 그것을 피하고 있는 것이리라. 아마도 그건 지금도 가장 두려운 시간으로서 봉인되어 있음에 틀림없다.

대웅전 본당에는 백 개가 넘는 유골단지가 대부분 법명도 없이 모셔져 있다. 쥐죽은 듯 고요한 본당 안쪽에서 그들이 신음이라도 하는 듯, 마치 귀울림과도 같은 소리가 무수히 응응 울려 퍼진다.

아야가 문득 일어서더니 천천히 걸어가 대웅전 정면의 유리문을 열었다.

"우와, 귀뚜라미가 엄청나네. 스님, 이것 좀 보세요."

그것은 귀울림도, 유골들의 신음소리도 아닌, 수많은 귀뚜라미들이 떼 지어 우는 소리였다.

미치히코도 그리로 가서 아야와 나란히 앉았다. 서늘했다.

아직까지 가로등도 거의 들어오지 않는데, 어둠을 송두리째 수축시키려는 양 그것은 잔잔하지만 큼직하게 울려 퍼지고 있었다. 공기가 점점 맑아져 가는 기분이 들었다. 올여름은 매미가 드물기에, 필시 바닷물에 죽었으리라 생각했다. 온몸으로 전해지는 생명의 울림이, 미치히코는 몹시도 반가웠다.

새로 옮겨 앉은 자리에서 미치히코는 이번에는 어둠을

응시하며 다시 이야기를 이어 나갔다. 양 무릎을 껴안고 앉은 아야도 턱을 쑥 내밀 듯 밤하늘을 올려다보며 듣고 있었다.

"저기 대나무 밭 바로 앞에 살림집이 있었어."

이제는 거기서 먼 데 별이 아스라이 반짝이고 있을 뿐이었다.

마을회관 지붕을 넘어선 검은 산은 눈 깜짝할 사이에 미치히코와 아버지가 있는 집을 덮쳤다. 이제 죽었구나 생각하던 미치히코는 무시무시한 충격과 함께 쓰러지며 벽에 부딪혔다. 엄청난 흔들림 속에서 우지끈 뚝딱 하는 소리를 들은 것도 같았으나, 눈을 질끈 감고 있던 터라 아무 것도 보지 못했다.

아마도 그때 대웅전 회벽도 부서졌을 테고, 살림집 벽에는 커다란 나무나 전신주 같은 것이 와서 부딪쳤을 것이다. 물의 벽에 박살 날 줄만 알았던 이 층 방은 일 층에서 뚝 떨어져 나와, 깨진 창문으로 물이 꽤 들어오긴 했지만 계단을 매단 형태로 물 위에 떠올라 그대로 움직이기 시작했다.

땅바닥으로 넘어지는 바람에 금강경 독경을 그친 아버

지 대신 이번에는 본이 짖어 댔다. 금강경의 공덕이라고까지 할 수는 없을지 몰라도 미치히코는 이것도 일종의 기적이라고 생각할 수밖에 없었다. 바른대로 말하자면 미치히코는 네발로 벌벌 기는 아버지를 향해 합장을 하고 있었다.

그러나 사실 시련은 그때부터였다.

깨진 창문 옆을 자동차, 간판, 나무, 배 등이 기묘하게 각기 다른 속도로 지나갔다. 모든 것을 집어삼켜서 덩치가 불어난 괴물이 언제 등에 타고 있는 자신들에게 이빨을 드러낼지 모르는 일이었다.

아직 그렇게 멀리 왔을 리가 없는데 창문으로 내다본 풍경은 그야말로 별세계였고 낯선 산들이 휙휙 눈앞을 가르고 지나갔다. 아무래도 아버지와 미치히코를 태운 방주는 빙빙 돌면서 휩쓸려 가는 것 같았다. 쉴 새 없이 무엇인가와 충돌했다. 그 충격에 겁을 먹었는지 쭈그리고 앉았던 본이 갑자기 뛰기 시작했다. 두 사람 다 소리 지를 틈도 없었다. 본은 필사적으로 솟구쳐 올라 창밖으로 뛰어내렸다. 미치히코가 급히 창문으로 달려갔지만 잡을 수가 없었다. 깨갱 하는 처절한 비명과 함께 갈색의 작은 몸뚱이는 검은 괴물의 아가리로 처박히고 말았다.

창가로 다가온 아버지는 네발로 엎드린 채 오열했다. 그 다음에 목격한 것은 공포에 질린 얼굴로 조그만 배에 필사적으로 매달려 있는 젊은이의 얼굴이었다. 모자 밑의 눈이 한 순간 이쪽을 쳐다봤고, 합장한 채로 아버지의 눈은 그 모습을 따라갔다. "아아, 아아아아……." 그것은 여태껏 한 번도 들어 본 적이 없는 아버지의 절규였다.

그 후 방주는 점점 안쪽으로 흘러들어 가, 거기서 둘은 차마 보지 못할 광경을 목격하고 말았다. 검고 탁한 물살 여기저기에 한순간 무수히 많은 알록달록한 아이들 옷이……. 아니 옷이 아니라 한 무리의 어린아이들이 떠올랐던 것이다.

아버지도 미치히코도 창문에서 떨어져 나와 엉금엉금 방바닥을 기었다. 고개를 꺾고 오열하는 아버지의 울음소리는 더 이상 인간의 소리가 아니었다.

물이 빠지기 시작했을 때의 붕 뜨는 듯한 기묘한 느낌도 잊을 수가 없다. 문득 차가운 바람이 사라지고 먼 데 보이는 산의 전봇대가 더 이상 움직이지 않는 고정된 모습으로 눈에 들어왔다. 순간, 어딘가 딴 세상에 와 멈춘 건가 싶은 생각이 들었다. 그러나 이윽고 물이 빠지기 시작하자 방주는 아까보다 훨씬 빠르고 난폭하게 휩쓸려 떠내려갔다. 네발로 기던 두 사람은 다시 방바닥에 쓰러져 이리저리 굴렀다.

　마지막으로 높은 언덕에서 굴러 떨어지는 것 같은 충격이 있은 후 엄청난 굉음과 함께 두 사람은 소리가 없는 세계로 내팽개쳐졌다. 얼마나 그렇게 쓰러져 있었던 것일까. 미치히코가 창문으로 나와 보니 밖은 벌써 어둑어둑한데, 아니 안팎이 따로 없는 거기엔 끝도 없는 무질서와 혼돈이……. 소리가 없는데도 시끌시끌 떠들썩한 세계……. 거기에 가랑눈이 흩날렸다. 도저히 그 자리에 있을 리가 없는 배가 앞뒤고 양옆이고 성한 데가 없이 자동차와 뒤섞여 있는 사이로 매캐한 메탄가스 냄새가 솟아올랐다. 자연도 아니고 물론 인공도 아니다. 어쨌거나 미치히코는 아무것도 느낄 수 없었고, 그저 내리는 눈이 차갑다고 여겼을 뿐이었다.

　아버지를 흔들어 깨워 눈발 날리는 어둑어둑한 낯선 세계에 나란히 섰다. 거기 있었던 것은 아직 쓰레기는 아니었다. 부서진 집, 벽, 신발 한 짝, 밥공기, 깨진 전구, 나무, 자동차, 배, 숟가락, 파란 유리병, 라디오, 전봇대, 앨범, 손가방, 무슨 용도인지 알 수 없는 비닐봉지. 다리가 후들거리는 아버지의 왼쪽 어깨를 부축하고 무질서하고도 구체적인 물체들 사이를 헤치고 어쨌든 나갈 수 있는 방향으로 억지로 발걸음을 옮기는데 갑자기 아버지가 발걸음을 뚝 멈추고 그 자리에 서 버렸다.

아버지의 오른손이 가리키는 곳을 보니 거기에 사람이 있었다.

아마도 이 층이었을 것으로 보이는 베란다의 하얀 난간이 땅바닥으로 처박혀 있고, 그 가까이에는 갈색으로 더러워진 원래는 흰색이었을 것 같은 카디건이 보였다. 그리로 다가가는데 아버지가 몸을 덜덜 떨기 시작했다. 크게 벌어진 입에서는 아무 소리도 나오지 않았다. 기괴한 모습으로 처박혀진 또 하나의 시체를 보고 나서야 미치히코는 비로소 사태를 알아차렸다. 그것은 아버지가 오늘 오전에 신위를 모셔 주러 갔던 고이케 씨와 그의 며느리였던 것이다. 아마도 자동차로 도피하려던 생각을 포기하고 며느리는 시어머니를 어찌어찌 이 층까지 끌어올린 것이리라……. 불단은 쓰러져서 정원으로 나동그라져 있고 휠체어는 귀신이 찌그러뜨리기라도 한 것처럼 납작하게 찌부러져 멀리 굴러가 있었다.

"그만하자……. 미안하다."

미치히코는 어렵사리 아야 쪽을 바라보며 말했다.

"다시 떠올리고 싶지 않은 것까지 생각나게 했지? 미안하다. 그만할게."

아야는 무릎에 얼굴을 묻은 채, 고개를 끄덕이지도 가로젓지도 않고 그저 입술을 꽉 다물었다. 그러고는 턱을 들어 천천히 좌우로 저었다.

"스님, 너무 그렇게 폼 잡지 마세요. 괜찮아요, 울어도."

눈물이 글썽하는 것을 보았나? 돌아보니 아야의 눈도 촉촉이 젖어 있었다. 갑자기 눈물이 왈칵 솟았다. 본이 죽고, 고로도 비단잉어도 금붕어도 거북이도 죽었다. 호리우치 기쿠에 아줌마의 유해도 해안 가까이 쓰레기 더미에서 발견되었고, 다른 찬불가 회원도 다섯 명이나 죽었다. 고이케 씨가 죽고 그 며느리도 죽고, 그날 계단에서 떨어져 죽은 오래된 신자의 유체는 가족들과 함께 떠내려갔다. 그리고 어머니는 아직도 발견되지 않았다. 끊임없이 얼굴을 대하게 되는 죽음과, 어머니의 얼굴로 머릿속이 가득했다.

"내가 폼을 잡았나?"

목소리가 가늘게 떨려 나왔다. 이렇게 누군가에게 이야기하고 싶었는지도 모른다.

"……스님이시니까 어쩔 수 없으실 테지만요."

"……그럴까?"

지난 반년 간 팽팽하게 매였던 것이 끊어진 듯한 느낌이 들었다.

"그렇지만 스님의 아버님도 이제 더 이상 남의 시선 같은 것은 의식하지 않으시잖아요. 아버님은 쓰나미에 죽은 모든 생명을 위한 의식을 올리시는 거예요."

"……."

"그러니까 그렇게 사방팔방에 죽은 사람들이, 아니, 사람뿐 아니고 너무나 많은 죽음에 둘러싸였잖아요. 그래서 그렇게 빙글빙글 도시는 것이겠죠."

가까스로 참고 있던 미치히코의 눈물이 왈칵 솟아올랐다. 갑자기 오열이 터진 미치히코 옆에서 아야도 무릎에다 입술을 눌러 붙이고 울었다.

정면의 어둠 속에서 오본 때의 거대한 화염이 되살아나는 것 같았다.

총법회 때는 조립식으로 지은 지 얼마 안 된 대웅전이 삐걱거릴 정도로 많은 사람들이 모여들었다. 모두들 미치히코의 지시대로 고인을 위해 태우고 싶은 유품들을 가지고 왔다. 눈물이 강을 이루었다. 그러나 그다지도 슬픈 독경을 올리면서도 자신은 울 수 없었다. 저녁 무렵, 원래 연못이었던 구덩이에 커다란 불이 타오르자, 저마다의 유품을 던져 넣으며 엉엉 우는 소리가 불꽃과 함께 둥글게 말려 올라갔다. 다시 세운 관음상의 그늘에서 들려온 유달리 큰 울음소리는 아야의 것이었다.

울음소리가 아닌, 귀뚜라미의 소리가 한층 커다랗게 어둠 속에 울려 퍼졌다. 그것은 지면에서 들려오는 소리가 아니라 하늘에서 내려오는 소리 같았다. 그 몹시도 무더웠던 여름, 멀리 야마가타, 이와테, 후쿠시마에서 달려와 주었던 동료 승려들의 독경 소리가 돌고 돌아 지금 대웅전으로 내려오는 것 같은 기분이 들었다.

갑자기 미짱의 울음소리가 들렸다. 잠이 깬 모양이었다. "엄마, 엄마" 하는 어리광 어린 목소리가 대웅전을 울렸다.

아야가 얼른 달려가 미짱을 품에 안고 왔다. 잠이 덜 깬 미짱에게서는 우유가 들어간 카레 냄새가 났다.

"여기 봐라. 스님 계시네. 스님."

아야가 얼굴을 갖다 대며 그렇게 말하자 미짱도 겨우 잠이 깨서 "스님", "아줌마" 하고 불렀다. 그리고 분홍색 치마를 입은 채로 아야의 무릎에 폭 안겨서 다시 잠이 드는가 싶더니 갑자기 미치히코를 향해서 입을 열었다.

"스님, 엄마 안 왔어요."

순간적으로 무슨 소리를 하나 했다가 금방 알아차렸다. 미치히코는 며칠 전 미짱이 이 절로 옮겨 온 날, 경내에 있는 관음상 앞에서 "엄마 보고 싶으면 여기 관세음보살님께 기도하는 거야" 하는 말을 했었다. 아마도 미짱의 눈에는 지금도 어둠 속의 관음상만이 보일 것이다.

"엄마도 아빠도……. 아무도 안 왔단 말이야."

입술을 쑥 내미는 미짱에게 아야가 난처하다는 얼굴로 말했다.

"그랬어? 안 오셨단 말이지. 역시 그렇게 간단한 일은 아니었나 보다. 그렇다면 엄마 아빠가 어떤 분이셨는지 스님에게 자세하게 가르쳐 드려야겠다."

"응."

"자상하셨어?"

아야가 물었다.

"응……. 그런데 무서웠어."

그리고 미짱은 엄마 아빠에 관해 이런저런 이야기를 했다.

"그랬구나. 엄마가 코알라 과자를 좋아하셨구나. 그건

참 의외인걸. 그럼 스님도 작전을 다시 짤 테니까 미짱도 계속 절하면서 빌어 보자."

"응, 절할게."

미짱은 아야의 품에 안긴 채, 어둠 속에서 왼쪽을 향하고 서 있는 관음상을 향해 양손을 모으고 눈을 감았다. 아직 모든 게 동글동글하기만 한 어린것이 간절히 기도하는 모습이 너무나 애처로웠다.

"안 돼. 이런 데서 하는 게 아냐. 관음상 앞에 가서 그것도 밝은 낮에 기도해야지."

"……네."

잠시 후에 아야가 미짱에게 "이게 무슨 소리게?" 하며 캄캄한 뜰을 손으로 가리켰다. 미짱이 고개를 갸웃하며 "이거?" 하고 되물었다.

"응, 이 소리 들리지?"

"……들려. 그런데…… 모르겠어."

어둠은 더욱 더 짙어지는데, 벌레 소리는 한데 어우러져 밤하늘을 온통 뒤흔들었다. 셋이서 골똘히 귀뚜라미 소리에 귀를 기울이고 있자니 미치히코는 자기도 아야도 미짱도 함께 같은 소리를 내고 있는 듯한 기분이 들었다.

"스님한테 물어볼까?"

"이거, 글쎄 아마 귀뚜라미 아닐까?"

"……귀뚜라미?"

"귀 · 뚜 · 라 · 미"

"귀"를 강조하니 미짱이 "귀" 하고 따라 하며 까르르 웃었다.

미짱은 잠깐 귀뚜라미 소리를 듣는가 싶더니 금방 미치 히코에게 질문을 던졌다.

"귀뚜라미는 엄마 아빠하고 같이 있어?"

미치히코는 일순간 할 말을 잃었으나 얼른 태연한 체하 며 대답했다.

"글쎄, 언제나 같이 있는 것은 아닐 거야. 같이 있을 때 도 있고 아닐 때도 있고 그렇겠지. ……미짱도 그랬잖아."

잠자코 생각에 잠기는 미짱을 보고 미치히코는 긴장이 되었다. 그랬더니 아야가 미짱 머리에 턱을 살며시 올려놓 으며 말했다.

"귀뚜라미는 저렇게 울면 만나게 되는지도 모르지."

"……응, 미짱은 관음님께 빌면 되는 거지?"

미짱은 나름대로 이해를 한 것처럼 아야의 양팔에 올려 놓았던 두 손을 모아 보였다. 할 말이 궁해진 미치히코는 공연히 고개만 크게 끄덕거렸다.

울어 대는 무수한 귀뚜라미들이 모두 부모 자식이거나 형제거나 친척들인 것 같기도 하고, 그렇지 않은 것 같기도 했다. 그러나 어쨌든 같은 공기를 울리며 조심스럽게 주위에 맞추어서 소리를 내고 있다.

"귀뚜라미들도 스님하고 아줌마, 아니 언니하고 미짱 같은 사이야. 모두 사이좋게 노래하고 있는 거야."

미치히코의 말에 미짱은 "응" 하고 고개를 끄덕이고는 활짝 웃었다.

미짱은 금세 아야의 품에서 잠이 들었지만, 귀뚜라미의 합창은 언제까지고 그칠 줄을 몰랐다.

고
타
로
의

의
분

이 경찰서에는 대지진이 일어나기 조금 전에, 남편 요헤이와 같이 주차 위반 딱지를 받으러 온 적이 있다. 편의점에 들어가려고 하는데 주차장이 꽉 차 있던 터라, 잠깐 갓길에 차를 세우고 둘이서 뭘 좀 사 가지고 나왔더니 그 잠깐 사이에 작은 종이쪽이 와이퍼에 끼워져 있었다.

"아, 뭐 이렇게까지 숨통 막히게 할 건 없잖아. 아무리 지들도 장사라지만."

경찰서로 오라는 간단한 인쇄물을 보자 요헤이는 그렇게 말하며 마키를 노려보았다.

마키에게 화가 난 것도 아니면서 요헤이는 언제나 무슨 화나는 일이 있으면 그렇게 마키를 찌를 듯이 노려보았다.

뭔가를 호소하거나 동의를 구하는 눈빛도 아니었다. 틀림없이 마키는 자기를 이해하리라 믿어 의심치 않는 시선은 마치 방사선처럼 마키를 통과해 버린다. 의분 혹은 투명한 분노. 그렇게 생각하게 된 것은 결혼하고 반년 이상 지나고부터였고, 그때까지는 요헤이의 그런 눈빛이 조금은 무서웠다. 마키는 대개 같이 입술을 굳게 다물고 시선을 약간 비껴서 허공을 노려보곤 했는데 그때는 편의점 앞에서 싸락눈에 떨며 가슴에 안고 있던 고타로를 바라보고 있었다.

지금 생각해 보면 손뜨개 모자를 쓴 고타로가 마치 요헤이의 분노를 이해한다는 듯이 양손을 꼭 쥐고 꽉 노려보고 있었던 같은 기분도 든다. 그냥 기분 탓이었을까?

고타로는 마키의 오른손을 꼭 쥐고 마키를 끌고 가는 것처럼 엉덩이를 씰룩거리며 앞서서 계단을 올라간다. 그 뒷모습을 보면서 자기도 모르게 당시의 기억이 바뀌어 버렸는지도 모른다.

그 대지진이 있고 나서 삼 개월 반, 고타로의 걸음걸이는 눈에 띄게 확실하고 믿음직스럽게 변했다.

기억이라고 한다면, 요헤이의 모습이 그날의 옷차림부

터 여러 모습으로 변화하여 나타나니 신기한 일이었다. 꿈이라고 한다면 그뿐일지 모르나, 마키가 최근 일하기 시작한 꽃집에서 가게 앞을 쓸고 있다 보면 문득 요헤이가 지나가다가 자기의 손놀림을 지켜보고 있는 듯한 기분이 들 때가 있다. 그럴 때 요헤이는 어찌된 영문인지 "나한테 어울리기나 해?" 하며 웬만해선 입으려 들지 않던 정장을 입고 있다. 요헤이는 겸연쩍은 듯이 웃으며 전혀 어울리지도 않는 정장 차림의 낯선 모습으로 말없이 사라져 갔다. 짧게 깎은 곱슬머리는 변함없었지만 행방불명될 당시에 입었던 소방대원 조끼 모습으로 나타난 적은 한 번도 없었다.

"고타로, 앞으로 똑바로 가는 거야."

마키는 자동문을 지나 우뚝 서 버린 고타로의 등을 살짝 밀며 말했다. 아무래도 고타로는 푸른 제복을 입은 경찰관의 무전기에서 나오는 소리에 놀란 모양이었다. 이번에는 흰색 헬멧을 쓴 경관이 그 무전기에다 대고 뭐라고 큰 소리로 말을 하더니 몇 사람인가가 서로 경례를 주고받고는 빠른 걸음으로 나갔다. 그 후에도 계속 이어지는 기계음과 말소리에 마키의 마음도 뒤숭숭했지만 다시 마음을 진정시키고 입구 중앙에서 우뚝 서 버린 고타로의 손을 잡고 정면의 접수창구로 다가갔다.

이름을 대자 가까이에 있던 양복 차림의 남자가 금방 다가오더니 앞서 걷기 시작했다. 접수창구의 여직원 말고도 몇 개의 시선이 날아오는 것을 느꼈다. 그것은 당연한 이야기지만 주차 위반 딱지를 끊으러 올 때와는 전혀 다른 것이었다.

"오시느라 수고하셨어요. 자 이쪽으로."

정중한 말투로 그렇게 말하더니 남자는 갑자기 굵은 소리가 되어 "꼬마, 몇 살인고?" 하고 물었다. 셋이 같이 탄 엘리베이터가 얼마나 좁은지 두 사람은 고타로의 작은 몸을 나란히 내려다보는 모양이 되었다. 갑자기 소리가 사라진 상자 속에서 고타로는 마키의 손을 꽉 잡으며 다른 손으로 어찌어찌 세 개의 손가락을 세우고 거의 머리 정면 위에 있는 남자의 얼굴을 올려다보면서 묻지도 않은 이름까지 댔다.

"세키구치 고타로입니다."

"고타로구나. 멋지네."

멋지다는 소리를 들은 고타로는 고개를 젖혀 남자의 얼굴에서 시선을 떼지 않은 채 어떻게 해도 벌어지는 입술을 다물어 보려고 애를 썼다.

"그렇게 긴장하지 않아도 돼. 금방 끝나니까."

남자가 고타로를 달래려는 것처럼 그렇게 말하며 웃었지만 고타로는 웃지 않았다. 대신 마키가 힘없이 웃으며 고개를 끄덕였다.

DNA 검사 따위 하지 않아도 고타로는 틀림없이 그 사람의 피를 이어받았다. 빼닮은 곱슬머리도 그렇고 그 아래 반짝이는 두 눈이 뿜어내는 강렬한 눈빛이 그랬다. 그뿐 아니라 고타로에게는 요헤이의 몇 분의 일인가의 자그마한 의분도 깃들어 있다. 오동통한 손에 어울리지 않게 고타로는 강한 악력으로 마키의 손을 꼭 쥐고 놓지 않았다.

이틀 전에 경찰서에서 전화가 왔었다. 마침 그날은 꽃집 아르바이트도 쉬는 날이어서 고타로와 같이 집에 있었다. 좁은 주방에서 휴대전화를 받았을 때 식탁 위에는 고타로가 맞추다 만 직소 퍼즐이 흩어져 있었다. 점심때가 조금 안 된 시간이었다.

그 사람은 차분한 목소리로 아직 찾지 못한 요헤이의 시신을 확인하기 위해서 마키와 고타로의 DNA 검사를 했으면 한다는 말을 했다. 고타로가 금방 옆방에서 쪼르르 달려 나와 의자 위에 무릎을 세우고 앉아 퍼즐 조각을 하나 손에 들고 맞추기 시작했다. 조각을 다 맞추면 새끼 고양이 두 마리와 천사가 나란히 밤하늘을 올려다보는 그림이 나타날 것이었다. 그러나 천사의 얼굴 부분 조각이 어디론가 사라져 버리는 바람에 다 맞추어도 온전한 그림이 되지는 못했다. 곱슬머리 천사를 자기라고 생각하는 것일까? 아니면 퍼즐에 나오는 갈색 고양이가 어딘지 모르게 부서진 집 근처에서 죽은 채로 발견된 전에 기르던 고양이 지로와 닮아서 그러는 것일까? 계속 치워도 고타로는 어느 틈엔가 그 퍼즐을 들고 나와 놀았다. 끝내 온전한 그림이 되지 못하는 그 퍼즐은 요헤이의 부재를 생생하게 상기시켜 주는 물건이었지만, 고타로에게 있어서는 작년 가을 아버지로부터 처음으로 받은 소중한 선물이었다.

"시신 안치소는 다 찾아보신 거지요?"

"……네."

마키는 전화에서 들려오는 소리에 금방 수많은 관들이 안치되어 있던 체육관과 절의 대웅전 풍경을 떠올렸다.

여기저기서 통곡 소리가 들려오고 경찰과 흰 가운을 입은 사람들이 불규칙하게 움직였다. 이런 곳에 요헤이가 있을 리가 없어. 몇 바퀴를 돌아도 눈에는 아무것도 들어오지 않고 다만 발밑이 빙글빙글 소용돌이칠 뿐이었다.

"저, 표시가 될 만한 반지로도 알 수 없었죠?"

"아, 그때 그 형사님이시군요."

갑자기 마키의 눈시울이 붉어졌다.

멍한 얼굴로 체육관 구석에 하염없이 서 있는 마키를 보다 못해 호리호리한 몸에 까만 안경을 쓴 자상해 보이는 형사가 다가와서 대신 찾아봐 주었다. 그 사람은요, 눈이 크고, 키도 176이나 되고, 무엇보다 곱슬머리예요. 그리고 정의감이 강하고…… 실은 굉장히 자상하고……. 아니, 그게 아니라……. 아, 죄송해요……. 이는 너무 건강하고, 특히 금니 하나 없고, 임플란트도 없고……. 아, 왼손 약지에 반지를 끼고 있어요. 싼 거지만 제가 골라 준……. 아뇨. 은이 아니고 붉은색이에요. 옻칠 반지인데요, 실을 여러 번 감아서 옻칠로 마무리한 거예요…….

거기까지 말하고 나니 금방이라도 요헤이의 시신이 눈앞에 나타날 것만 같아 얼른 입을 다물었다. 그러다 문득 수도 공사 할 때 아프다며 반지를 뺀다고 했는데, 소방대에 나가면서는 어떻게 했는지 모른다는 데 생각이 미쳤다. 형사와 흰 가운을 입은 두 사람이 의아한 얼굴로 자신을 지켜보고 있다는 것을 깨달은 마키는 점점 불안이 증폭되었다. 그리고 자기는 요헤이에 대해 무엇을 알고 있단 말인가 하는 혼란에 빠져 그 자리에 주저앉아 버렸다. 아무 생각도 감정도 일어나지 않았다.

얼마나 시간이 지났을까? 형사가 마키를 안아 올리듯 일으켜 세우고는 머리를 살짝 흔들었다.

"덩치가 크고 곱슬머리로 보이는 남자가 한 사람 있기는 한데요, 반지는 끼고 있지 않네요. ……확인해 보실래요?"

아마 거기까지 누군가가 부축해 주어 갔던 것 같다. 정신을 차리고 보니 마키는 네다섯 명에 둘러싸인 채 어떤 관 앞에 서 있었다. 기묘하게 부푼 하얀 천을 물끄러미 내려다보았다.

"머리 오른쪽이 많이 상해서 왼쪽만 조금 보여 드릴게요."

마키는 뭐라고 대답도 못하고 숨조차 쉴 수가 없었다. 명치끝이 경련하듯이 떨리더니, 흰 가운을 입은 사람이 천을 들추는 순간 목이 졸리는 것처럼 괴로웠던 것은 기억난다. 그런데 부옇게 침침한 눈앞에 나타난 것은 요헤이에게는 없는 코 옆의 큰 점이었다.

"그때는 정말 감사했습니다."

마키는 고타로가 세 번째 퍼즐 조각을 끼워 넣은 것을 보고 나서 가까스로 말했다. 어느 샌가 고타로 옆 의자에 앉아 고타로의 등에 손을 올리고 있었다.

"발견된 시신에 대해 말씀드리자면, 천 명 남짓한 사람의 DNA가 보관되어 있습니다. 두 분의 DNA를 알면 남편 분이 발견된 시신 중에 있는지 확인해 볼 수 있답니다."

"⋯⋯네."

솔직히 말해서 마키는 요헤이의 죽음을 확인하고 싶은 건지 어떤 건지 자신도 알 수 없었다. 혹시 DNA가 일치하는 시신이 있었다 해도 이미 화장이 끝났을 텐데, 요헤이의 유골 항아리가 어딘가에 안치되어 있을 거라는 상상은 한 번도 해 보지 않았다. 고타로에게는 아빠는 언젠가 불쑥 돌아올지도 모른다고 말했고, 펌프 상회를 운영하는 시부모님도 아무리 기가 막혀도 절대 포기라는 말을 입에 올리는 법 없이 고타로에게 변함없이 웃는 얼굴을 하고 있었다.

전화 속의 남자는 요헤이의 부모님이 살아 계신다면 그쪽이 더 확률이 높을 거라고 조심스럽게 말했다. 오랫동안 잊어버리고 있었는데 요헤이는 시어머니가 재혼하면서 데리고 온 아들이었다. 마키는 고타로가 퍼즐에 집중하느라 꼼짝도 하지 않는 목덜미를 확인하고 나서 조그만 소리로 말했다.

"그 사람하고 시아버지는 피가 통하는 사이가 아니에요."

말을 하면서도 자기가 왜 이런 쓸데없는 소리까지 해야 하나 하는 생각이 들었다. 그런 게 지금 무슨 문제람……. 요헤이와 시아버지의 사이에는 모르는 사람은 느끼지 못할 정도의 희미한 예의라는 것이 있었다. 그러나 친부자 사이에도 그런 것은 필요한 것이 아닐까.

"아……. 그렇다면 역시 아드님과 함께 한 번 나오셔야겠는데요."

본인과 아버지 혹은 본인과 아들의 DNA 일치도는 거의 비슷하게 나오겠지만, 아들과 피가 이어진 엄마가 있으면 더욱 확실하다는 말을 했다.

전에 살던 해변의 아파트는 쓰나미로 자취도 없이 사라져 버렸다. 시아버지의 소개로 겨우 이 아파트를 구한 것이 오월 초였다. 그동안은 시부모님이 운영하는 펌프 상회의 이 층 한 칸을 임시로 쓰며 같이 식사를 하고 지냈다.

시부모님은 파손된 수도 공사를 하느라 바빠서 종업원도 새로 더 고용하고 아무튼 무척이나 분주하고 어수선한 날들을 보냈다. 마키는 이리로 이사 오고 나서 얼마 지나지 않아 꽃집으로 일을 나가기 시작했고, 조금 꺼려지기는 했지만 일하는 시간에는 시어머니에게 고타로를 맡겼다. 시부모님은 물론 기꺼이 고타로를 맡아 주었지만 한편 생각하면 요헤이의 어린 시절을 기억나게 만드는 괴로운 시간이 되었을지도 모른다.

마키는 문득 시부모님 생각은 어떠실까, 역시 아들의 죽음이 확인되는 것을 원하실까 하고 골똘히 생각에 잠겼다. 그러나 두 분이 무슨 말을 하실지 전혀 짐작이 되지 않았다.

"수도가 복구되지 않았다면 그건 사람 사는 데가 아니지."

시아버지가 종업원들에게 하는 그런 말이 마치 요헤이가 말하는 것처럼 들릴 때가 있었다. 벗겨진 머리는 닮지 않았지만, 역시 두 사람은 부자였다. 예금 계좌로는 대지진 후에도 세 번, 요헤이의 월급이 전액 입금되었다. 그렇다고 현실주의자인 시아버지가 요헤이의 생존을 믿고 있는 것은 아닐 터였다. 남들 앞에서는 우는 모습을 보이지 않는 시어머니도 울지 않을 리가 없다. 어쨌든 시부모님은 함께 사는 동안 한 번도 요헤이의 이름을 입에 올리지 않았다. 그런 부자연스러운 시간이 언제까지나 계속되리라고는 생각하지 않았다.

전화를 든 채로 한동안 잠자코 있는 마키를 돌아본 고타로가 천사의 날개로 보이는 퍼즐 조각을 손에 들고 웃어 보였다. 전화 저쪽에서는 마키가 겁을 먹었다고 생각했는지, 세포 채취 방법은 아주 간단하며, 분석 결과는 이삼일이면 나올 거라고 달래는 듯한 어조로 말했다. 원래 수색원을 낸 것도 자기이고 더 이상 망설일 이유는 없었다.

"알겠습니다. 한 번 갈게요."

마키는 왼손을 내밀어 고타로의 뺨을 쓰다듬으며 그렇게 대답하고 전화를 끊었다. 이제 와서 결과가 어느 쪽이든 달라질 것은 없었다. 지금의 마키에게 고타로는 그런 생각을 지탱시켜 주는 야지로베(양쪽 끝에 추가 달려 있어 균형을 잡아 주는 일본 전통 인형 – 옮긴이)의 추 같은 것이었다.

이 층은 사람들로 빛으로 가득했다.

안면이 있는 형사가 얼른 일어나더니 웃옷을 걸쳤다. 책상에 앉아 있는 사람들을 자세히 본 것은 아니지만 마키는 그때 처음으로 여름이 코앞으로 다가왔다는 것을 깨달았다. 나란히 늘어선 창문에서는 강한 빛이 쏟아져 들어오고 반팔을 입은 사람들이 컴퓨터 앞에서 잠깐 일손을 멈추었다가 다시 움직이기 시작했다.

"이쪽으로 앉으세요."

권해 준 소파 앞에 고타로와 나란히 서서 일 층에서부터 안내해 준 사람과 전화를 건 형사를 마주했다. 그때의 작업복과는 달리 오늘은 양복 차림이었는데, 나란히 앉으니 두 사람은 같은 형사라고는 하나 거의 부자뻘의 나이차가 나는 것 같았다. 젊은 형사가 고타로에게까지 차를 가져다주었다. 검은 안경의 형사가 "안베라고 합니다" 하자 젊은 형사가 "사토입니다" 하고 이어서 이름을 소개했다. 마키는 '안베'라고 쓰인 명찰을 보고 나서 고개를 숙였는데, 이름 위에는 벚꽃이 네 개 수놓아져 있었다. 고타로는 마키의 손을 꽉 쥔 채 소파와 마키의 무릎에 기대 서 있었다.

"아, 고타로랍니다. 세 살이라고 했지?"

사토 씨가 굵은 목소리로 소개해 주었다. 그러나 고타로는 고개도 끄덕이지 않고 안베 씨 쪽을 빤히 쳐다보았다. 표준보다 몸집이 큰 편이라 키는 92센티미터 몸무게는

15킬로그램이긴 하지만, 머리보다 조금 넓을 뿐인 어깨에 힘이 잔뜩 들어가 있었다.

"고타로구나."

안베 씨가 온화한 목소리로 말을 걸자 고타로는 얼른 고개를 끄덕였다.

"오늘 뭐 할 건지는 엄마한테 들었지?"

커다란 머리가 다시 한 번 내려갔다 올라오고 안베 씨는 다정하게 "그래, 그래" 하고 끄덕이더니 마키 쪽을 바라보았다.

어젯밤에도 오늘 아침 밥을 먹을 때도 고타로에게 일단 이야기는 했다. 어제는 꽃집에 출근하기 전에 경차로 펌프 상회에 고타로를 맡기러 가는 길에 시부모님께도 말씀드렸다.

"행방불명된 사람들의 DNA가 전부 있는 건가?"

"무슨 소리를 하는 거야? 못 찾았으면 DNA고 뭐고 있을 리가 없잖아. 행방불명이 아니라 신원 불명이지."

고타로가 강아지가 있는 뜰로 나간 다음에 시부모님은 그런 대화도 나누었지만 어째서 자기들은 검사하지 않는 거냐고 미심쩍어하는 눈치는 전혀 없었다. DNA 같은 것과는 관계없이, 아니, 그런 점에 무심하다는 점에서 진정한 부자였다.

저녁때 데리러 갈 때까지 고타로가 무슨 말을 들었는지는 모른다. 그런데 아마도 시어머니가 고타로에게 '잘해라, 고타로' 비슷한 소리를 한 것이 아닐까? 오늘 아침 고타로는 신통하게도 마키가 아침 식사를 준비하고 있는데 스스로 일어나서 나왔다. 파자마까지 혼자서 어찌어찌 갈아입고는 "오늘 경찰서 가는 날이지?" 하며 식탁에 앉았다.

아마도 고타로에게 경찰이란 대지진 전에는 노래 속의 '강아지 순경 아저씨' 이상 아무것도 아니었을 것이다. 주차 위반 딱지를 떼러 왔던 날을 기억할 리도 만무하고. 그런데 벚꽃이 필 무렵 고타로와 함께 놀랄 정도로 시야가 확 트인 해변에 간 적이 있었다. 그리고 그때 무질서하게 쓰러진 방풍림 근처에서 작업을 하고 있던 많은 '순경 아저씨'들을 보았다.

마키가 간단하게 그들이 하는 일을 설명하자 고타로는 "아빠하고 똑같네" 하고 말했다. '모두를 위하여' 밤중에도 소방대원 조끼 차림으로 나가고, 쉬는 날에도 파열된 수도관 수리를 하러 나가는 요헤이를 아이도 제 나름대로 이해하고 있었던 모양이었다. 그때부터 고타로에게 경찰이나 순경 아저씨는 특별한 존재가 된 모양으로 오늘 아침에도

"경찰서 가는 날이지?" 하더니 밥 먹고 나서는 닦으라는 소리도 하기 전에 혼자서 이를 닦으러 갔다.

"고타로의 DNA가 중요하대. 엄마 DNA만으로는 알 수 없다네."

그런 말을 해 둔 효과가 있는 것 같았다.

안베 씨와 사토 씨가 잠자코 일어나자 옆에 대기하고 있던 젊은 사람 둘도 동시에 일어나 하얀 천으로 된 칸막이 두 개를 나란히 세웠다. 하얀 칸막이 때문에 책상이나 사람들이 보이지 않게 되자 그곳은 채광이 잘되는 병원 진료실 같은 느낌이 났다. 흰 마스크와 장갑을 낀 안베 씨가 사토 씨보다 조금 늦게 돌아왔다. 안베 씨가 손에 들고 있는 것이 아마도 DNA를 검사하는 기구일 것 같았다. 직사각형의 하얀 봉투인데 안쪽에 투명한 셀로판종이가 반짝이고 그 속에 선명한 하늘색 물체가 보였다.

마키는 그때 겨우 차를 입에 댔고 고타로도 마시도록 했는데, 고타로는 입을 벌린 채 두 사람의 움직임을 눈으로 쫓느라 차를 티셔츠와 바닥에 흘렸다.

"죄송해요."

"아니에요, 괜찮아요. 어이."

사토 씨가 말을 하자마자 젊은 사람이 걸레를 가지고 뛰어왔다.

"이봐, 차도."

사토 씨의 말에 다른 젊은 사람이 금방 찻주전자를 가지고 왔다.

"아니에요."

마키는 이제 됐다고 하려는데 안베 씨가 맞은편 자리에서 온화한 목소리로 말했다.

"아니에요. 차를 충분히 마셔서 입안을 적셔 두는 게 좋거든요."

부드러운 어조의 말이었으나 마키는 그 말에 의해 마치 한 몸에 붙은 머리와 팔다리처럼 움직이는 경찰 조직이라는 것에 경이감을 느꼈다. 이것이 '힘'이라는 것인가 싶기도 했다. 요헤이를 그날 방파제 수문까지 가게 한 것도 결국 이것이었단 말인가……. 생각해 봤자 소용없는 일이었다.

지금부터 무슨 힘든 일을 시키는 것도 아니다. 그것은 알고 있다. 그러나 고타로의 과도한 긴장과 기세 같은 것이 직접 전달되어 마키까지 그만 긴장하게 되었다.

"자, 어머니 먼저 하실까요. 고타로 잘 봐라."

안베 씨가 봉투의 셀로판종이를 벗기더니 묘하게 생긴

기구를 꺼냈다. 봉투에는 'Whatman'이라고 적혀 있었다. 사람이란 무엇일까……. 남자란 건 무엇일까……. 그 사람은, 무엇이었을까…….

"가늘고 긴 부분을 입안으로 집어넣으시고 먼저 그 스펀지를 혀로 충분히 적셔 주세요. 충분히 적시지 않으면 구강에서 채취한 세포가 이 종이에 제대로 전사되지 않으니까 조심하세요. 충분히 적셨으면 다음에는 입속의 좌우 양쪽을 이렇게 문지르는 거예요."

안베 씨는 하늘색 기구를 사토 씨에게 건네주고 자기 손가락을 입으로 집어넣어 좌우로 비비는 흉내를 냈다. 스펀지 부분을 입속으로 넣고 양쪽 볼 안쪽을 비벼서 조직을 묻혀 내도록 되어 있는 모양이었다. 안베 씨는 다시 한 번 사토 씨로부터 기구를 받아 들고 말을 이었다.

"그 후의 과정도 일단 설명을 드릴게요. 충분히 채취한 다음에 이 부분을 잘라서 여기 종이에, 여기요, 동그라미가 그려져 있죠? 여기에다가 스펀지 부분을 누릅니다. 지금은 분홍색이지만 이 종이가 수분을 흡수하면 하얗게 변합니다. 그러니까 스펀지에 충분히 흡수시킨 수분을 여기에 다시 흡수시켜 하얗게 변하면 전사가 잘된 겁니다. 다 끝나면 이 봉투 뒷면 여기에다가 이름을 쓰고 밀봉합니다. 그리고 이것을 현의 과학수사연구소로 보내서 분석을 받는 거죠……. 뭐 더 궁금한 거 있으신가요?"

"저……. 그럼 시신은 어떤 식으로……."

"……아."

안베 씨는 잠깐 고타로를 쳐다보았으나 각오했다는 듯이 입술을 한 번 굳게 다물었다가 입을 열었다.

"보통은 칫솔이나 빗 등 집에 있는 물건 중에서 피부 조직이 묻어 있을 만한 것으로 검사를 하는데요. 지금은 모든 게 다 떠내려가 버렸으니까요."

안베 씨는 조금 머뭇거리면서 다음 말을 이었다. 시신이 얼마 되지 않았으면 심장의 피를 채취하고 부패가 심한 경우에는 손톱으로 검사를 하죠. 말하고 싶지 않은 듯 얼굴을 찌푸렸다가 다시 체념한 듯이 말했다.

"신체의 어느 부위라도 상관없어요."

자기가 물어 놓고도 마키는 스르르 고개를 떨구었다. 특히 옆에서 사토 씨가 심장에서 피를 채혈하는 방법을 설명하면서 "세 번째 갈비뼈와 네 번째 갈비뼈 사이에……" 하는데 가슴이 욱신거렸다. 요헤이의 가슴에는 어렸을 때 야구공에 맞아 움푹 파인 자리가 있다. 포수가 파울 팁이 무서워 공을 피하는 바람에 뒤에서 심판을 보던 요헤이의 가슴에 맞았는데 아픈 것을 참으며 그대로 시합을 계속하고 병원에도 안 갔다고 했다. 마키는 언제나 그 왼쪽 가슴에 얼굴을 묻었다…….

멍하니 몇 초가 흘러가고 정신을 차리니 고타로가 마키의 넓적다리에 원피스 위로 손을 올려놓고 있었다. 큰 눈의 강한 시선은 엄마에게 응원의 메시지를 보내려는 것 같았다.

"괜찮으시겠어요?"

"……네. 죄송합니다."

마키의 검사는 금방 끝났다. 안베 씨나 사토 씨, 그리고 젊은 연수생으로 보이는 경찰이 지켜보는 가운데 입속을 문질러야 한다는 것이 솔직히 좀 창피했다. 그러나 고타로의 긴장을 조금이라도 풀어 주기 위해서는 별거 아니라는 것을 보여 주어야만 한다. 고타로는 일단 소파에 한 번 앉았다가 너무 폭 파묻히는 게 싫은지 다시 일어나 선 채로 마키의 움직임을 죽 지켜보았다.

고타로 차례가 되자 안베 씨는 마스크를 벗고 얼굴을 가까이 가져갔다.

"고타로, 엄마가 했던 것처럼 혼자서 해 볼까?"

고타로는 금방 고개를 끄덕였지만, 옆에 있던 사토 씨

가 미심쩍어하며 안베 씨를 보았다. 이 나이의 아이들은 보통 담당 경찰이나 엄마가 해 주는 모양이었다. 그러나 사토 씨는 아무 말도 없이 다시 하던 작업으로 돌아갔다. 마키의 구강 세포가 전사된 종이를 기구에서 떼어 내 봉투에 집어넣었다. 그리고 봉투를 봉하고서 겉면에 볼펜으로 마키의 성명을 정확하게 써넣었다.

"고타로는 이도 혼자서 잘 닦지?"

이어진 질문에 고타로는 고개를 끄덕였다. 틀림없이 오늘 아침은 그렇게 했으니 마키도 아무 말 하지 않았다.

"이 닦기보다 훨씬 간단하단다. 그렇게 몇 번씩 문지르지 않아도 돼."

그렇게 말하고 안베 씨가 다시 마스크를 쓰자 고타로는 스스로 조심조심 테이블 위의 검사 기구로 손을 내밀었다. 그렇지만 고타로보다 먼저 사토 씨가 그것을 잡았다. 틀림없이 어디까지는 누가 한다 하는 순서와 역할이 정해져 있는 것 같았다. 딱 그때 긴장이 풀어졌는지 사토 씨가 봉투를 열고 있는 동안 고타로가 "오줌 마려워" 하는 소리를 했다. 마키가 바로 일어나고 사토 씨도 봉투를 내려놓고 일어나 화장실을 안내하러 복도까지 나왔다.

고타로의 바지를 내린 다음 변기 앞에 세워 놓고 마키

가 밖으로 나오니 사토 씨가 마스크를 벗고 기다리고 있었다.

"저…… 과장님도 고타로하고 비슷한 나이의 손자를 이번 쓰나미에 잃어버렸어요. 손자의 엄마인 딸도, 같이 말이죠."

굵은 목소리로 소곤대는 말은 소리가 갈라져 나와서 잘 들리지 않았다. 그러나 차례로 말이 이어지고 그 의미가 머릿속에서 정리가 되자 이번에는 마키가 대답할 말을 잃었다. 사토 씨가 무슨 의도로 그 이야기를 들려주었는지는 알 수 없었지만, 시신 안치소에서나 전화를 하면서 안베 씨가 어떤 마음으로 자기에게 그렇게 자상하게 행동했는지 이제야 이해가 갔다. 마키는 그저 고개만 끄덕였다.

그 후의 시간은 이제까지와 전혀 다르게 다가왔다. 마키에게 고타로는 야지로베의 추 같은 존재이지만 안베 씨의 눈에는 안타까움과 슬픔의 대상과 겹쳐져 보일 것이다. 그리고 마키 자신조차 죽은 딸을 기억나게 하는 존재겠지. 더는 배겨 낼 수 없는 심정이 된 마키는 몸조차 마음대로 움직일 수가 없었다.

문득 시즈오카의 친정어머니와 전화로 나눈 이야기가 떠올랐다.

"원자력발전소도 위험한 것 같고, 고타로 데리고 이쪽으로 이사 오면 어떻겠니?"

그게 언제 일이었더라.

"시즈오카라고 뭐 다른가요? 그보다도, 이것저것 내버려두고 갈 수도 없고."

벌써 아주 옛날 일처럼 생각되었다.

"여긴 따뜻하잖니?"

"여기도 여름엔 얼마나 시원한데요."

그런 문제가 아니었지만, 그런 말밖에 나눌 수가 없었다.

"혀로 잘 적신 다음, 그렇지, 그대로 돌려, 자 한 번 더……."

눈을 감으니 그것은 손자에게 무언가를 가르쳐 주는 할아버지의 목소리로 들렸다. 고타로가 입속을 기구로 문지를 때 안베 씨는 금방이라도 손을 내밀 것 같은 자세로 엉거주춤 일어났다. 고타로는 눈과 입을 모두 크게 벌리고 양다리를 버티고 서서 어른들의 기대에 부응하고 있었다. 마키는 힘이 잔뜩 들어간 고타로의 목덜미를 붙잡고 나머지는 고타로와 안베 씨에게 맡겼다.

"그래, 잘하네. 옳지, 옳지. 됐다, 됐어……. 자 그대로 살짝 빼면 돼."

　마치 낚시터에서 잡은 물고기를 어롱에 잘 담은 손자를 칭찬하는 것 같다. 고타로도 기분이 좋아서 테이블에 두 손을 짚고 안베 씨의 작업을 들여다보았다.

　하얗게 변한 종이를 봉투에 집어넣고 그것을 넘겨받은 사토 씨가 다시 볼펜으로 이름을 써넣자 모든 것이 끝났다.

　"협조해 주셔서 감사합니다."

　사토 씨가 인사를 하고 자리에서 일어나자 고타로가 경례를 했다. 양발이 붙지도 않았고 엉덩이도 쑥 빠진 자세였지만 오른손은 손가락 끝까지 이상하리만큼 힘이 들어가 있었다. 마키는 순간 쿡 하고 웃을 뻔했는데 정면에 있던 안베 씨가 눈을 꾹 감고 입술을 씰룩이며 안경을 벗더니 천천히 일어나 엄숙한 얼굴로 경례를 받았다. 그 순간 콧속 깊숙이 무언가가 밀려들어왔다. 사토 씨도 이어서 경례를 하고 옆에 있던 젊은 경찰 두 사람도 허둥거리며 일어나 경례를 했다. 봇물이 터지듯, 눈물이 왈칵 쏟아져 내렸다. 고타로는 임무 완수를 보고하는 듯 강한 눈빛을 좀처럼 누그러뜨리지 않았다. 안베 씨가 젖은 눈을 훔치기까지 아무도 웃지 않고 경례를 붙인 손을 내리지 않았다.

"뭐야? 고타로. 그게 남자들의 세계라는 거야?"

경찰서를 나오자 마키는 손끝에 매달린 고타로에게 물었다. 꼭 농담은 아니었다. 고타로는 "응" 하고 대답하더니 씩 웃으며 쑥스러운 듯 몸을 흔들었다.

"이제 고타로도 어린이집에 다녀도 되겠네."

지금까지 가기 싫다고 고집을 부리던 고타로를 살짝 부추겼다. 역시 고타로는 몸을 흔들지 않고, "응" 하고 대답했다.

장마철에 잠시 비친 햇빛이 강하게 머리 위에서 내리쬐었다.

마키는 눈을 가늘게 뜨고 주위를 둘러보았다. 꽃집에서 일하기 시작한 후 툭하면 나타나던 요헤이의 모습이 더 이상 보이지 않았다.

처음으로 계절의 변화를 깨달은 것 같은 기분이 든 마키는 고타로에게 말했다.

"고타로, 집에 가는 길에 여름옷 좀 살까? 엄마도 이제부터 예쁘게 하고 다니려고. 고타로도 멋진 남자가 돼야지?"

생각해 보니 지금 입고 있는 것도 결혼 전부터 입던 원피스와 카디건. 고타로의 티셔츠와 바지도 겨울에 산 것이라 벌써 꽉 끼고 더워 보였다.

고타로는 아무 대답도 없이 몸을 흔들고는 세워 놓은 차로 다가갔다. 마키는 구체적으로 어느 가게로 갈까 생각하다가, 그래, 샴푸도 새로 사야지 하는 생각을 했다. 바닥이 다 닳은 캔버스화의 보폭이 조금은 넓어졌다.

소
금
쟁
이

에어컨을 풀가동한 차 안에서 햇빛에 녹아내릴 듯한 지붕들과 나무 그리고 도로를 바라보며 사유리는 '세슘' 하고 중얼거려 보았다. 참 좋은 울림을 주는 말이다.

그 일이 일어나기 일 년 전, 사유리는 신간으로 막 나온 "세계에서 가장 아름다운 원소 도감"이라는 책을 본 적이 있다. 무슨 바람이 불었는지 겐타가 사 들고 왔는데, 역시나 금방 싫증을 내고 던져 버린 책이었다. 둔탁한 은빛으로 빛나는 'K(칼륨)'와 함께 홀딱 반한 것이 'Cs(세슘)'였다. 사람의 피부로 따뜻하게 해 주면 앰플 속에서 금색으로 용해되는 모습이 아름답다기보다는 섬뜩했다. 다만 그때도 '세슘'이라는 소리만큼은 굉장히 기분 좋은 울림으로 들렸던 것이 사실이다. 가만히 '세 – 슈 – 움' 하고 소리를 내어 보니 마지막에 입술을 작게 오므릴 때 자신 안에 있는 어렴풋한 심술 같은 것이 느껴졌다.

치하루에게서는 어제 전화가 왔다.

"신문에서 본오도리(백중 기간 밤에 주민들이 모여 춤을 추는 지역 축제 – 옮긴이) 예고 봤어."

느닷없이 그런 소리를 하는데, 물어보니까 치하루는 이미 센다이에 있으며, 딸 미카하고 같이 여기에 오고 싶다는 거였다.

"오고 싶다니……."

그럼 드디어 일 년하고도 오 개월 만에 홋카이도에서 이 동네로 돌아와 남편 나오키가 있는 가설주택에서 함께 살겠다는 건가, 아니면 다른 후타바 군 사람들이 하는 것처럼 단순히 본오도리 축제 구경하러 잠깐 다녀가겠다는 건가……. 이런 질문은 뒤로 하고 사유리는 어쨌든 "역으로 마중 갈게" 하고 대답했다.

조그만 역사 옆에 예년보다 더 많은 꽃을 단 배롱나무 꽃이 피어 있었다. 앙칼진 진분홍색이 눈을 찔렀다.

"배롱나무 꽃이 잘 피는 해는 풍년이야."

정원사인 겐타가 하는 말이니 틀림없는 말일 거다. 그

러나 올해의 후쿠시마는 쌀이 풍작일수록 슬프다. 그렇다고 흉작이 들면 더 안타까울 테고…… 아무리 생각해도 미간에 주름이 모여들 뿐이다…… 아, 덥다. 차에 에어컨을 틀어도 소용이 없었다.

문득 사유리는 빙수를 먹고 있는 치하루와 자신을 상상했다. 장소는 고등학교 때 여름 방학 동안 다니던 학원에서 돌아오는 길에 들른 가게 바깥의 나무 테이블이다. 둘의 앞에는 웬일인지 우유를 듬뿍 뿌린 세슘이 유리그릇에 소복이 담겨 있다. 사유리는 양손으로 그릇을 싸안고 "와아, 예쁘다!"를 연발하며 금색으로 녹기 시작하는 금속을 응시하고 있고 치하루는 머뭇머뭇하며 찡그린 얼굴로 사유리를 바라보고 있다…….

안 돼. 점점 자신이 심술궂어진다. 이 더위 때문이다. 사유리는 오른손으로 스위치를 눌러 차창 유리를 활짝 열었다. 뜨거운 바람이 와락 밀려들어 오며 그 나른한 공기 밑바닥에서 열차의 도착을 알리는 소리가 환청처럼 울렸다.

너무 골똘한 생각은 말이 되어 나오지 못한다. 미카의 손을 잡은 치하루가 개찰구에 나타나자 사유리는 그저 웃으며 손을 흔들었다.

"이 동네 너무 덥지?" 하며 사유리가 커다란 가방으로 손을 내밀었지만 치하루가 "괜찮아" 하며 몸을 뺐다. 사유리는 대신에 미카 앞에 쪼그리고 앉았다.

"많이 컸네."

미카는 말 없이 고개만 끄덕였다. 챙이 넓은 모자를 벗은 다섯 살짜리의 동그란 이마에 땀에 젖은 보드라운 머리털이 붙어 있었다.

무엇 때문인지는 잘 몰라도, 사유리의 귀향은 오본 지내는 동안만이겠다는 걸 퍼뜩 알아차렸다. 필요 이상의 희망도 갖지 말고 비난도 하지 않도록, 다시 한 번 자신을 타일렀다.

그건 그렇고 미카는 나를 얼마나 기억하고 있을까. 1차 피난 시설이었던 체육관에서 두 사람이 갑자기 사라진 것은 작년 벚꽃이 피기 직전의 일이었다. 마침 배식 봉사를 하러 들른 피난 시설에서 몇 년 만에 치하루를 만나 남편 나오키와 미카를 소개받았을 때도 놀랐지만, 아무 말도 없이 어느 날 아침 남편을 남겨 두고 둘만이 사라져 버렸을 때는 더 놀랐다.

사유리와 치하루는 어린 시절 함께 자란 친구였다. 그

뿐이었지만 피난 시설에서 생활하는 미카의 가족을 서너 번 정도는 집으로 초대해서 함께 저녁 식사를 한 것 같다. 사유리의 외동아들인 유스케하고 미카의 나이도 같았고, 금방 친구가 되어 버린 둘을 사이에 두고 겐타와 한 살 아래인 나오키도 술잔을 나누며 이야기꽃을 피웠다.

"아줌마, 기억하지?"

일어나며 물으니 미카도 이번에는 "응" 하고 소리 내어 대답을 했다.

"얘가 얼마나 유스케 걱정을 하는지 몰라."

아무 생각 없이 하는 치하루의 말에 사유리는 어떻게 반응해야 할지 난감했다. 그렇다면 어째서 말도 없이 사라 져 버렸는지, 무엇 때문에 휴대전화 번호까지 바꾼 건지, 어째서 지금은 홋카이도에서 사는지, 묻고 싶은 말이 속사 포처럼 터져 나오려 했다. 그러나 사유리는 미카의 손을 잡고 "고마워" 하고 대답하고는 벌써 한산해진 역구내를 나와 차가 있는 곳을 향해 걷기 시작했다.

"구닥다리 차지만 어서 타. 아, 그런데 에어컨이 별로야."

잠깐 엔진을 끈 사이 차 안의 공기는 뜨겁게 부풀어 올 라 온몸을 덮쳤다.

"사유리, 미안해."

창문을 전부 열고 달리기 시작하자 바람이 들어왔다. 바람 소리 속에서 그런 말이 들린 것 같았다.

"뭐라고?"

뒷좌석을 돌아보니 창으로 머리를 내민 미카 옆에 치하루의 단정한 얼굴이 있을 뿐이었다. 사유리는 다시 전방으로 시선을 돌렸다. 치하루는 아무 말도 다시 하지 않고 사유리도 그 이상 되묻지 않았다.

사유리는 운전을 하면서 혼잣말처럼 이곳의 상황을 설명했다. 원자력발전소는 이제 안정되었고 학교나 유치원의 방사선 오염 제거 작업도 벌써 끝났다는 것. 방사선량은 자연히 내려가고 있고 무엇보다 눈에 보이지 않는 상대를 계속 의식한다는 것이 얼마나 힘든 일인가 하는 것.

"우리 남편은 보이지 않는 것에 신경을 쓰면서 어떻게 사냐고 그래. 나는 설마 그럴까 싶기는 한데 어쨌든 너무 의식해서 운동 부족으로 혈압이 올라가는 편이 더 위험하다고 하는 사람도 있고……. 잘 모르겠어. 뭐가 진짜인지. 어쨌든 지금은 모두가 무심하게 살고 있는 것 같아. 응, 무심하게……."

치하루의 대답은 들려오지 않았지만 사유리는 토해 내듯이 사고 직후의 휘발유 부족이나 야채의 폐기 처분에 관한 것까지 이야기하고 "서로들 참 힘들었지" 하고 끝을 맺었다. 사유리로서는 치하루를 생각해서 최대한 부드러운 표현을 쓰려고 단어를 고르는 노력을 했다.

그러나 치하루는 뒷좌석 가운데에서 몸을 약간 뒤로 물리며 화제를 바꾸었다.

"그 사람이 신세를 참 많이 지고 있지."

어쩌면 그것은 치하루가 떠나고 나서 생긴 가장 큰 변화일지도 모른다. 나오키는 후타바 군에서는 사무용품 영업을 했다는 것 같았는데 대지진 후에는 한동안 피난 시설에서 구직센터를 다녔지만 결국은 아무 일자리도 얻지 못하고 작년 여름부터 겐타의 정원사 일을 돕고 있었다.

겐타도 나이 많은 아저씨 한 사람하고 둘이서 들어오는 일을 다 소화하지 못하고 있던 터라 마침 잘된 일이었다. 겐타는 말은 없지만 일 배우는 속도가 빠른 나오키를 아주 좋아했다. 그러나 정원사 일이라는 것은 지붕 일과 함께 피폭을 피할 수 없기로 첫손 꼽히는 작업이다.

피난 시설에 홀로 남겨진 나오키와 치하루 사이에 그 후 어떤 일이 있었는지는 모르지만 적어도 정원사가 되는 것과 홋카이도에 가는 것과는 아무리 생각해 봐도 아귀가 맞지 않는다.

"아니야, 도리어 우리가 도움을 받고 있는걸."

대답은 그렇게 했지만 지금 두 사람의 관계가 어떤지 전혀 모르는 터라 자연히 사유리의 입이 무거워졌다.

나오키는 지금도 겐타와 뜨거운 태양 아래 일을 하고 있을 터였다. 매일같이 얼굴을 보지만 치하루에 관해서는 서로 한 마디도 하지 않았다. 어제 일을 마치는 길에 집에 들렀을 때도 치하루와 미카의 방문에 대해서는 아무 말도 하지 않았다. 사유리에게 전화가 온 것은 저녁 식사 후의 일이니까 나오키도 그때까지는 모르고 있었는지도 모른다.

"나오키 씨가 방사능에 관해서 많이 가르쳐 주고 있어."

말을 한 순간 후회했지만 쏟아진 물이다. 실제로 어디서 조사하는 건지, 나오키는 방사능에 대한 여러 가지 새로운 정보를 가지고 사유리와 겐타를 안심시켜 주었다. 어린이의 세슘에 의한 피폭 반감기가 한 살짜리 아이는 열흘, 여섯 살짜리는 한 달, 서너 달이 걸리는 것은 성인일 경우만이라고 가르쳐 준 것도 나오키였다. "신경 안 쓰면 되지" 하는 겐타와 달리 설득력이 있었다. 그러나 그런 이야기라면 치하루도 나오키로부터 직접 들었을 것이다. 그런 말을 다 듣고도 아직도 치하루가 돌아오지 않는다는 것은 나오키의 말이 치하루에게 아무런 설득력을 갖지 못한다는 말이 된다.

치하루는 일순간 잠자코 있다가 대답했다.

"그래? 그 사람 확실히 조사는 열심히 하는 것 같지만, 좀 치우쳐 있어서……."

그렇게 생각하지는 않았다. 사유리는 신호에 걸려 서 있다가, 언제나 야채를 나누어 주곤 하는 꽃집 아줌마가 지나가기에 얼른 말을 걸었다. 치하루의 말은 바람 소리 때문에 못 들은 척했지만, 지금 정차 중인데 말이 또 나오게 하면 안 되기 때문이다. 사유리는 괜히 긴장하고는, 아줌마에게 꽃에 생기는 벌레를 어떻게 없애야 하는지 물어보았다. 아줌마는 차도까지 내려와서 약 이름과 사용 방법을 설명한 후 "그래도 오본 때는 죽이면 안 돼"하고 덧붙였다. 그런 오래된 습관이 지금도 이 마을에 사는 자신들의 생활을 저 밑에서부터 받쳐 주고 있다는 생각이 들었다. 사유리는 고맙다며 살짝 고개를 숙여 보이고 멀리 신호등 앞으로 시선을 주었다.

"미카짱, 저기 좀 봐, 본오도리 무대란다."

빨갛고 파랗게 칠한 정겨운 무대가 군청 앞 광장에 대기하고 있었다. 사유리는 꽃집 아줌마에게 다시 한 번 인사를 하고 액셀을 밟으며 언제나 치하루와 함께 유카타(여름 축제 때 입는 무명으로 된 기모노 스타일의 전통 의상 - 옮긴이)를 입고 가던 어린 시절의 본오도리를 생각했다. 틀림없이 치하루도 솜사탕을 먹으며 금붕어 뜨기를 하던 어린 시절을 기억하고 있으리라……. 그렇게 생각하고 싶었다.

"내일 밤에 같이 오자."

가까워지는 빈 무대를 보며 어디랄 것도 없이 말하자 미카와 치하루는 동시에 고개를 끄덕이고 치하루는 뭐라고 미카에게 말을 했다. 옛날이야기를 하는 것 같기도 하고 여기서 지내는 동안은 이래야 된다 저래야 된다 하는 소리를 하는 것 같기도 했다. 바람 소리와 오랜만에 사람들이 복작거리는 소리 때문에 두 사람의 이야기 소리가 잘 안 들렸다.

집에 오는 길에 슈퍼마켓에 들러 함께 장을 보며 해도 그만 안 해도 그만인 이야기를 나누었다.

"거기서는 뭐 하고 지내?"

"후쿠시마에서 피난 온 사람들이 굉장히 많아. 그러다 보니 NPO도 생기고……. 거기서 업무 보조랄까……. 피난 온 아이들의 갑상선이라든가, 어쨌든 검사를 계속 해 나가려고 해."

"……생활은?"

"아아, 동네 슈퍼에서 아르바이트하고 있어."

그만큼의 대화를 하는 동안 사유리는 넓은 매장을 돌며 고기나 두부, 실곤약을 노란색 바구니에 담았다. 치하루가 자기도 보태겠다고 고집을 해서 야채 사는 것을 맡겼다. 될 수 있으면 보지 않으려고 노력했지만 예상했던 대로 이번 대지진이 일어났던 지역 밖에서 생산된 파나 버섯을 꼼꼼히 골라 바구니에 담는 치하루의 모습이 눈에 들어왔다. 나오키가 보내 주는 생활비는 꼬박꼬박 들어오고 있는지, 배상금은 아직 나오고 있는 건지…….

아무리 꼼꼼하게 채워진 단추라도 어디선가 잘못 끼워졌다면 한 번은 다 풀어야만 고칠 수 있다. 추울 정도로 냉방이 잘된 실내에서 사유리는 문득 무력감에 사로잡혔다.

지금까지 야채나 고기를 사면서 산지에 대해 이렇게까지 신경을 써 본 적이 없었다. 사유리 혼자라면 쇠고기는 싸고 맛있고 안전한 현내산을 선택했을 것이다. 그러나 그렇게 하면 치하루가 불안해할 것 같아 군마현 산하고 홋카이도 산을 비교하며 망설이다 결국은 군마현 산을 바구니에 담았다. 일부러 홋카이도 산을 사기도 좀 그랬다.

잠깐 후쿠시마현 산 쇠고기도 괜찮으냐고 물을까 했다. 그러나 처음부터 예민한 문제를 건드리지 않는 게 나을 것 같아 그만두었다. 무서웠다. 치하루의 반응으로 자신이 상처를 받고 싶지도 않았고 만나자마자 아이 앞에서 언쟁을 벌이고 싶지도 않았다. 사고 직후 피난한 것은 그렇다 쳐도, 어째서 아직까지 홋카이도에서 계속 살고 있는 건지……. 첫 단추가 잘못 끼워진 것만 아니라면, 다른 사람도 아니고 치하루이니 거기서도 틀림없이 아이 챙겨 가며 똑 부러지게 살고 있을 것이었다. 그렇다. 사유리는 어렸을 때부터 치하루를 믿어 왔다. 대충 얼렁뚱땅하는 것은 언제나 자신이었다.

마지막으로 아이스크림을 사고 다시 뜨거운 차로 돌아와 셋이서 아이스크림을 먹으며 차를 출발시켰다. 말없이 아이스크림을 먹는 가운데 시간이 옛날로 거슬러 올라갔다.

소꿉놀이를 할 때면 언제나 사유리가 아빠, 치하루가 엄마 역할을 했다. 아이 혹은 손님은 대개는 치하루의 남동생이나 근처에 사는 남자애들을 불러다 시켰다. 집에서 진짜 과일과 칼을 가지고 온 치하루는 질경이나 토끼풀 이파리를 자잘하게 열심히 썰어서 접시에 소복하게 담았다. 한 번 마음먹으면 외곬으로 착실하게 하는 것은 수험 공부나 취직 시험 준비에서도 변함이 없었다. 치하루는 현내의 전문대 영문과를 졸업하고 이 지역에서 가장 큰 은행에 취직을 했다. 그리고 전근 갔던 후타바 군에서 나오키와 결혼했다.

도쿄에 가서 사 년제 미술대학을 나왔다고는 하나 아르바이트나 하며 왔다 갔다 하다가 취직도 못 하고 고향으로 돌아온 사유리하고는 인생 자체에 대한 사고방식이 다른 것 같았다. 둘 다 아직 미혼이었을 때는 주로 사유리 집에서 자주 만나곤 했다. 소꿉놀이의 연장선에서 함께 밥도 해 먹고, 자고 가는 일도 드물지 않았다.

치하루가 나오키와 결혼하고 얼마 지나지 않았을 무렵, 사유리도 겐타를 만났다.

"살아 있는 생명을 다루는 정원사 특유의 미학에 빠지고 말았어."

지금 생각해 보면 손발이 오그라드는 소리를 해 가며 연애 상담을 하고, 나오키와는 어떤 계기로 만나게 되었는지 물어보았지만 치하루는 대답하지 않았다.

"어떻게 결혼하기로 결심하게 되었냐고."

"그 사람은 고독해."

더 추궁하듯 묻자 치하루는 자애로움이 넘치는 눈으로 그렇게 대답했다.

겐타는 고독하지도 조용하지도 고상하지도 않았다. 그러다가 유스케가 생기는 바람에 고민하고 말고 할 틈도 없었다. 어째서 자기의 인생은 이다지도 궤도에서 어긋나기 일쑤일까 하는 생각이 들지 않는 것도 아니었지만, 이번 같은 사고를 겪고 보니 과연 사람의 인생에 궤도란 것이 있었단 말인가 하는 생각이 들기도 했다.

"손님맞이는 반드시 스키야키로."

봄이고 여름이고 뭐가 어떻든지 어쨌든 손님에게는 스키야키. 한 번 정하면 바꿀 줄 모르는 겐타의 그런 완고함이야말로 지금 사유리의 견고한 궤도가 되어 주고 있는지도 모른다. 결혼 초에 그런 일로 싸운 게 생각이 나서 사유리가 픽 하고 웃었다.

"뭐가 웃겨?"

치하루가 아이스크림 포장지를 거두며 물었다.

"아, 고마워. 우리 집 바보 남편 하는 짓이 생각나서. 나오키 씨하고는 완전 다른 야만인이니까 놀라지 마."

"알고 있어. 자상하잖아, 겐타 씨."

"뚱뚱이에다 입도 거칠고, 손님이 오면 무조건 스키야키. 그 고집은 정말 못 말린다니까."

어쩌면 그게 바로 겐타의 자상함인지도 모른다. 사유리는 조수석에 놓인 장바구니를 내려다보며 문득 그런 생각이 들었다. 손님에게는 스키야키, 라는 자기 마음대로 정한 불문율은 이것저것 고민할 필요를 없애 줄 뿐 아니라, 주부의 일손도 줄여 준다. 게다가 스키야키 담당은 언제나 겐타다.

"그런데도 겐타가 가끔은 자상해 보이기도 하는 모양이야. ……주제에 땡잡은 거지 뭐."

치하루는 별로 웃지 않았다. 사유리가 그랬던 것처럼 순간적으로 자기 남편 나오키가 자상한지 어떤지 하는 생각에 빠진 것일까?

삼 일쯤 전인가 저녁 식사를 하러 오라고 불렀더니 나오키는 걸어서 오 분 정도 걸리는 가설주택에서 지도를 한 장 가지고 와서 보여 주었다. 지도에는 이십 년 정도 전의 각 현의 평균 방사선량과 올해 어딘가의 연구 시설이 조사했다는 전국의 방사선량이 색색으로 표시되어 있었다. 자세한 것은 잊어버렸지만 간단히 말해서 전국의 도시 중에는 이 지역보다 방사선량이 높은 지역이 얼마든지 있고,

연간 1밀리시버트를 넘는 현도 많이 있었다.

"1밀리 이하로 방사선 제거를 한다니 참 대단하군."

젠타는 그렇게 말하며 껄껄 웃었지만 사유리는 그 지도를 보며 마음속으로 안도의 한숨을 쉬었다. 집 앞에서 매시 0.3마이크로시버트를 넘는 현상은 규슈나 긴키 지방의 몇몇 지점과 같은 수준이었다. 사유리 눈에는 그런 것들을 그렇게 꼼꼼하게 조사해서 자세히 설명해 주는 나오키야말로 정말로 자상한 사람으로 보였다.

군청 앞을 지나 벼가 팬 논과 더위에 녹아내릴 듯한 가설주택 옆을 지나는 동안, 사유리는 몇 번이나 입을 열려고 했지만 결국 그 이야기는 하지 못했다. 백미러 속에서 미카가 곰곰 생각에 잠긴 얼굴로 고양이처럼 아이스크림을 핥고 있었다.

"야, 으샤야!"

이것이 언제나 젠타가 집에 돌아오면 처음으로 내는 소리였다. 시바견 으샤가 목줄을 끌면서 달려와서 세 번 연달아 짖었다. 가을 축제가 한창이던 어느 날 아침에 주워 온 강아지라서 가을 축제 행진할 때 사람들이 내는 소리인 '으샤 으샤!'에서 따다가 '으샤'라는 이름을 붙였다. 단순

하고 반사적이라는 면에서 '손님에게는 스키야키'와 닮은 이름 짓기다.

　다른 때 같았으면 그길로 으쌰를 데리고 산책을 나갔을 테지만, 오늘은 벼르고 별러서 우리 집 정원을 손질하기로 한 날이다.

　"어, 으쌰야 안 돼."

　"아직이야, 아직."

　겐타는 그런 소리를 해 가며 저녁 해가 파고드는 정원으로 트럭에서 내린 접이사다리와 천막 천을 날라 들여왔다.

　"지금 와요?"

　"응."

　"자기 집 정원이라고 대충 하면 안 돼요."

　"알았다고."

　"아, 나오키 씨, 수고 많으세요. 잠깐 이쪽으로."

　사유리는 긴팔 셔츠에 전지가위를 들고 들어오는 나오키에게 손짓을 해서 툇마루 쪽으로 불렀다.

　"어!"

　나오키는 사유리 가까이에 서 있던 미카를 보더니 헉하고 놀랐다. 마음의 준비는 했을 텐데, 자기도 모르게 나온 소리겠지. 미카가 두세 걸음 앞으로 나가며 "아빠" 하고 불렀다. 나오키는 양팔을 벌리고 무릎을 굽히며 미카를 안을 자세를 취했지만 미카는 더 이상 다가가지 않고 난처한 표정으로 머리를 긁었다.

"치하루."

부엌 쪽을 향해 불렀으나 치하루는 다지고 있던 파와 칼을 살짝 들어 보이고는 특별히 누구에게라고 할 것도 없이 희미한 웃음을 보일 뿐, 밖으로 나올 기색이 없어 보였다.

사유리와 겐타 앞이라 쑥스럽기도 하겠지. 그러나 아무리 그렇다고 해도 그건 너무 서먹한 재회였다. 보다 못해 사유리는 미카라도 나오키 쪽으로 데리고 가려고 했으나 미카마저 쏙 빠져나가더니 복도 끝에서 장수풍뎅이에게 먹이를 주고 있는 유스케 쪽으로 가 버렸다.

한동안 정원에서는 동백나무, 낙상홍, 명자나무, 회양목 등의 가지를 자르는 소리가 들려왔다. 주로 겐타가 가위로 치고 나오키는 잘려 나온 가지들을 천막 천에 담아 뒤쪽 공터까지 운반했다. 으샤는 그때마다 펄쩍 뛰며 짖더니 이윽고 석양빛이 붉게 물들고 정원에서는 나뭇가지 옮기는 소리만 났다.

유스케와 겐타의 빨래를 개다가 마당으로 시선을 돌린 사유리의 눈에 묵묵히 일하고 있는 두 사람의 모습이 들어왔다. 문득 두 사람의 피폭 문제가 걱정이 되었다. 여름이었던가, 겐타가 같은 일을 하는 업자들로부터 소나무 잎은 100베크렐이라는 소문을 듣고 온 적이 있다. 겐타는 그때도 "몇 베크렐이 되든지 머리칼이 자라면 이발소에 가는 거고, 나뭇가지가 자라면 전정 작업을 하는 거지" 하고 콧방귀도 뀌지 않았다. 나오키가 바로 베크렐에서 시버트로 변환하는 방법을 가르쳐 주어, 의료 피폭보다 오히려 덜 심각하다는 것은 알게 되었지만 소나무 잎 이외의 나뭇잎들이 어떤지는 알 수 없었다. 매일처럼 저렇게 나뭇가지 전정 작업을 하고 게다가 그걸 두 팔로 안아서 옮기는 작업을 하니 방사능 피폭은 피할 수 없을 터였다.

"아무것도 안 해도 암이 걸리려면 걸리는 거야. 우리 엄마만 봐도 그랬잖아. 현장소장은 암이 걸리기도 전에 지붕에서 떨어졌지. 앞날은 누구도 알 수 없는 거고 걱정해 봐야 뾰족한 수가 없단 말이지."

겐타는 사유리에게 몇 번이고 그런 말을 했다. 그건 그것대로 겐타의 확고한 삶의 방식이었고 사유리가 할 수 있는 일이라면 내부 피폭을 조금이라도 피해 보겠다고 이웃에서 나눠 준 야채를 방사능검사기로 측정해 보는 정도일 뿐이었다.

여름 방학 동안만이라도 유스케를 어디 안전한 곳으로 피신시키면 어떻겠냐는 조언을 해 주는 사람도 있었다. 그러나 혼자서 보내기엔 아직 너무 어리고, 제일 바쁠 때인 여름에 자기까지 집을 비운다는 것은 더욱이 생각하기 어려운 일이었다. 그런 생각은 작년 여름에 이미 다 버렸다. 밑도 끝도 없는 피폭에 관한 생각은 곧 식구들 걱정으로 바뀌었다. 그런 사유리로서는 나오키와 치하루의 삶의 모습이 참으로 이해하기 힘들었다.

"어이, 목욕들 하지."

툇마루 쪽에서 겐타가 소리를 질렀다. 무슨 일이 있어도 목욕은 저녁 식사 전에 하는 것이 원칙이었다. "네에" 하고 대답하는 사유리는 그 우직스런 절대적인 원칙이 기뻤다.

제일 먼저 치하루가 미카와 함께 목욕을 하고, 그동안 유스케도 돕게 해서 거실에 저녁상을 차렸다. 손님이 오면 언제나 전원이 목욕을 마친 다음 거실에 모여서 함께 스키야키를 먹는다. 그것이 아버지 대부터 내려오는 겐타 집안의 예법이었다. 아무것도 고민할 필요가 없는 이 원칙은 원자력발전소 사고 이후에도 그대로 유지되고 있다. 사유리는 햇볕에 탄 유스케의 조그만 등을 닦아 주며 집안에서 내려오는 이와 같은 작은 원칙들이야말로 자신들이 안심하고 살아갈 수 있는 근거가 되어 주는 게 아닐까 하는 생각을 했다. 치하루와 나오키도 삶을 지탱해 주는 이런 작은 원칙들을 가지고 있을까.

나오키가 가설주택에 가서 목욕을 하고 오는 동안, 겐타는 얼른 으쌰의 산책을 시키고 목욕도 간단히 끝냈다. 모두가 자리에 앉았을 무렵, 막 목욕을 마친 겐타가 거실에 있는 불단에 향을 올렸다. 언제나처럼 그것은 저녁 식사를 시작하는 일종의 의식이었다.

스키야키에 설탕과 간장을 왕창왕창 넣는 것도 양보할 수 없는 겐타주의. 옛날에 사유리가 놀랐던 것처럼 치하루는 벌린 입을 다물지 못하고, 나오키도 어이없다는 듯이 허허 웃었다. 그러나 금방 아무도 더 이상 그 일에 신경을 쓰지 않게 된 것은 그만큼 맛이 있기 때문일 것이다. 사유리는 연기를 내보내기 위해 선풍기를 틀면서 손님 세 사람의 반응에 쿡쿡 웃었다.

그러나 오늘따라 겐타는 평상시답지 않게 별로 말을 하

지 않는 것 같은 느낌이 들었다.

"요즘 쉬는 날도 없이 일만 하느라 고생이 많네."

나오키를 향해 그렇게 한마디는 했지만, 더 이상 분위기도 모르고 함부로 입을 열기가 어려운 모양이었다. 요리 준비가 다 되자 나오키와 겐타는 얼음으로 희석한 소주를 연달아 마시고 그때마다 사유리는 얼음을 넣어서 새 잔을 만들었다.

"자, 먹자."

겐타의 호령에 모두 일제히 젓가락을 뻗었다. 아이들은 치하루가 세심하게 보살폈다. 유스케의 왕성한 식욕에 이끌려 미카도 덩달아 잘 먹었다. 야채를 자기가 직접 골랐기 때문인지 치하루도 걱정했던 것처럼 신경질적인 모습은 보이지 않았다. 치하루는 아이들의 그릇에다 음식도 척척 담아 주었고 모든 것을 편안한 마음으로 받아들이고 있는 것처럼 보였다. 그러는 동안 미카는 나오키의 무릎에 올라앉았다. 나오키의 두 다리 사이로 미카의 몸이 쏙 들어갔다. 그때까지 별로 말을 하지 않던 치하루와 나오키도 나직한 소리로 이야기를 나누기 시작했다. 홋카이도의 기후나 생활, 나오키의 체중 변화, 가설주택에서 살기는 어떤지 등, 별 내용도 없는 이야기이기는 했지만 사유리는 두 사람이 차분하게 이야기 나누는 것을 보는 것만으로도 기분이 밝아졌다. 어려운 이론이 필요한 것은 아니다. 가족이란 역시 함께 살아야 한다.

"오랜만에 가족만의 오붓한 시간이 되겠네."

겐타는 그런 말을 하며 세 개째의 계란을 풀고 "오늘 밤은 가설주택에서 천천히 이야기나 나눠"라며 고기를 입에 넣었다. 두 사람은 아주 잠깐 얼굴을 마주 보았으나 치하루가 먼저 시선을 피했다. 그 후, 치하루와 사유리도 얼음을 넣은 소주를 꽤 마셨다.

조금 지나자 소나기같이 억센 비가 내렸다.

"으쌰야."

유스케가 강아지를 부르며 벌떡 일어나자 미카도 유스케를 따라 옆방으로 뛰어갔다. 벌써 배가 부른 모양이다. 천둥소리에 겁을 먹은 으쌰가 짖는 소리에 이어 "으쌰야" "으쌰야" 하고 강아지를 달래는 유스케와 미카의 소리가 들려왔다. 강아지가 짖는 소리에서는 오늘 산책이 짧았던 것에 대한 불만과 어리광이 느껴졌다. 사유리가 작은 접시에 고기를 담아 가지고 가자 으쌰가 개집에서 나와 앞다리를 복도에 올리고 버둥거렸다. "으쌰야!" 하고 야단을 치면서, 야단칠 때 쓰는 별도의 이름이 있어야겠다는 생각을 하며 웃었다.

　방충망과 유리문을 닫고 아이들을 남겨 둔 채 거실로 돌아오니, 세 사람은 무슨 일인지 고개를 젖히고 윗미닫이 틀을 올려다보고 있었다. 겐타의 부친이 옛날에 사 왔다는 험상궂은 표정의 반야 탈(귀신처럼 무서운 얼굴을 한 여자 모습의 탈-옮긴이)이 어둠 속에서 금빛 눈으로 아래를 내려다보고 있었다. 그 외에 감사장과 상장 액자 몇 개가 걸려 있었다.

　"왜? 뭐하는 거야?"

　사유리가 묻자 치하루가 금방 대답을 했다.

　"저 탈이 어떤 얼굴을 하고 있는 건지 물어보았어."

　"화를 내고 있잖아."

　상에 다시 앉은 사유리에게 겐타가 말했다.

　"그런 것 같기는 한데……."

　"도쿄전력인가 아니면 총리대신인가, 상대는……."

　겐타의 말에 사유리와 나오키는 웃었지만 치하루는 탈에서 시선을 거두지 않았다. 말없이 마시던 나오키가 사유리를 보며 말했다.

　"이건 여자의 질투를 표현한 거라고 들었는데요."

　"이크, 질투였어? 무서워라. 제발 그만두셔."

"무슨 소리예요. 남편이 엉뚱한 짓 못하게 하려면 아내는 도깨비가 될 수밖에 없는 거라고. 그렇지?"

사유리가 웃으며 그런 소리를 했지만 이번에도 치하루는 웃지 않았다. 사유리는 다음 말을 찾지 못해 우물거리고, 겐타도 어색해져서 애꿎은 두부구이만 집어 먹었다.

다시 어른들끼리 고기를 더 먹으며 소주를 마시는 동안 비가 그치고 으쌰도 더 이상 짖지 않았다.

"와, 소금쟁이(소금쟁이는 일본어로 아멘보あめんぼ라고 한다. 그런데 일본어로는 비雨와 사탕飴이 모두 '아메'이다. 이 작품은 동음이의어로 발생하는 에피소드를 다룬 내용이라 소금쟁이에 아멘보라는 표기를 병기했다 – 옮긴이)다."

옆방에서 들뜬 유스케의 목소리가 들려왔다. 아마도 반야의 침묵이 어색했던 모양인지 겐타가 먼저 "밤중에 소금쟁이라……" 하며 자리에서 일어나자, 이어서 나오키도 "물통 청소하고 물 채워 놓았더니 효과가 즉시 나타나네" 하고 중얼거리며 일어섰다.

사유리도 일어나서 생각난 김에 반야 탈을 윗미닫이틀에서 떼어 내어 "잠깐만" 하고 부엌으로 달려가서 젖은 행주로 먼지를 닦은 다음 치하루에게 건네주었다. 치하루도 스키야키 가스를 끄고 무릎을 세우며 그것을 받아들더니

"쟤네들 뭐하는 거지?" 하며 반야 탈을 손에 든 채 옆방으로 건너갔다. 나중에 생각해 보니 자기가 왜 반야 탈을 치하루에게 건네주었는지 사유리 자신도 모를 일이었다.

조금 늦게 들어가 보니 모두 유리문을 열어 놓은 복도에서 단풍나무 아래 있는 물통을 들여다보고 있었다.

가지치기를 한 단풍나무는 어제와는 완전히 다른 모습으로 수은등 불빛을 받으며 아름다운 자태를 물 위에 드리우고 있었다. 방금 내린 비로 이파리와 가지에 묻은 먼지를 떨어낸 나무에서는 싱그러움이 물씬 풍겨 나왔다.

그리고 과연 그곳에는 소금쟁이 몇 마리가, 여섯 개의 크고 작은 다리로 물 동그라미를 그리며 움직이고 있었다.

갑자기 겐타가 입을 열었다.

"아멘보(소금쟁이)가 어째서 아멘보인지 알아?"

아이들에게 하는 질문이었다. 그러나 아이들은 눈만 동그랗게 뜨고 올려다볼 뿐이었다.

"나오키, 자네는 이 이야기 들었던가?"

나오키가 고개를 젓자 겐타는 문지방에 오른손을 올리고 사유리와 치하루 쪽으로 휙 고개를 돌렸다.

"그거야 비(아메)가 그친 다음에 나오니까 그런 것이겠죠."

사유리가 대답하자 겐타는 "땡! 아닙니다"라며 의기양양한 표정으로 턱을 비쭉 내밀었다.

"아멘보의 아메가 하늘에서 내리는 아메(비)가 아니라는 말이에요?"

나오키가 차분하게 그렇게 물었다.

"오우, 역시 자네는 날카롭단 말이지."

겐타가 득의양양한 미소를 지었다.

"어, 정말?"

치하루와 사유리는 한목소리를 냈다.

"그럼, 아멘보가 뭔데?"

겐타는 엉거주춤 허리를 숙이며 이번에는 유스케와 미카를 향했다.

"아메(사탕)야, 아메가 뭐지?"

겐타가 말한 것과 똑같은 억양으로 유스케가 대답했다.

"아메(사탕)."

"그래, 아메(사탕)라고."

"엣? 아메라면, 그러니까 캔디?"

괴상한 소리를 낸 것은 사유리였다.

"예스, 정답입니다!"

"말도 안 돼."

또 사유리와 치하루가 동시에 똑같은 소리를 냈다. 무슨 일인가 하고 개집에서 나온 으쌰가 멍멍 하고 짖고 유스케는 정답을 맞혔다며 좋아서 팔짝팔짝 뛰었다.

"야, 으쌰야, 좀 조용히 해 봐. 거짓말이 아니라니까. 저게 달다잖아. 사탕 냄새도 나고, 그래서 아멘보라니까."

"누가 먹어 봤는데."

"으이구, 거짓말쟁이."

"정말?"

"저런 걸 먹어 본 사람이 있다고?"

사유리가 톡 쏘아붙였다. 치하루는 반야 탈을 양손으로 잡은 채 입을 다물고 겐타의 얼굴을 바라보았다. 팔짱을 끼고 있던 나오키가 치하루 옆에서 입을 열었다.

"맛과 냄새로 곤충의 이름을 짓는 예가 있나?"

당연한 의문인지라 치하루와 사유리도 그 말에는 고개를 끄덕였으나 겐타가 "틀림없다니까, 나중에 그 좋아하는 인터넷으로 알아보라고. 나도 놀랐으니까" 하는 말에 소동은 일단 중단되었다. 반신반의하는 얼굴로 서 있자니 겐타는 햇볕에 그을린 두툼한 왼팔을 들어 올렸다.

"자, 내일은 본오도리 가는 거다. 그 전에 성묘도 갔다 오고. 옳지! 풀장에 갈까? 아이고, 내일은 꽤 바쁘겠는걸.

오늘은 이만 파할까?"

껄껄 웃으며 혼자서 자기 마음대로 선언을 하더니, 바닥에 떨어져 있던 유스케의 '변신 벨트'를 주워서 허리에 찼다.

"내 거야. 내 거야" 하고 매달리는 유스케를 떼어 버리고 스위치를 눌렀다. 그러고는 램프가 번쩍거리는 허리를 요란스럽게 흔들며 두 손을 불끈 들어 올린 다음 과장스런 목소리로 "변신!" 하고 소리를 질렀다.

"아유, 정말 바보 같아."

사유리는 코웃음을 치면서도 속으로는 겐타가 하는 짓이 살짝 고마웠다. 본오도리는 다 함께 간다 해도 아이들을 풀장에 데리고 가 주는 것은 정말 고마운 일이었다. 그러나 퍼뜩 생각이 들었는지 "아이고, 미안!" 하고 번쩍이는 벨트를 맨 채 겐타가 사과를 했다. 실은 나오키 집안의 산소는 귀환 곤란 지역 안에 있었다. 치하루는 이번에 친정에 가 보려나 어쩌려나……. 작년 연말에 도통 연락이 되지 않는다며 치하루의 친정어머니가 전화를 한 적이 있었다. 친정아버지는 법무사로 아직 일선에서 일을 하고 있고, 어렸을 때 같이 소꿉놀이를 하던 남동생이 아버지 밑에서 그 일을 돕고 있을 터였다.

"인제 너희들 맘대로 놀아라."

불민했다고 여긴 겐타가 뻘쭘해진 얼굴로 말했다.

그리고 아이들이 변신 벨트를 차고 "변신!" "변신!" 하고 소리를 지르며 뛰어다니는 동안 어른 네 사람은 거실을 대충 치웠다.

"이 정도면 됐어."

그렇게 말하며 치하루에게 어서 나오키와 함께 돌아가라고 재촉을 했지만 치하루는 "요것만 하고" 하면서 깨끗하게 닦아 놓은 스키야키 냄비에 식용유를 발랐다. 치하루가 거실 탁자 위에 있던 반야 탈을 들고 뚫어지게 들여다보는 걸 보았는데 어느 틈엔가 안 보인다 했더니 잠시 후에 묘하게 새된 목소리가 옆방에서 들려왔다.

"엄마도 변신이다!"

아이들이 꺅꺅거리는 소리에 놀라서 가 보니 치하루가 단정히 묶었던 머리를 풀어헤치고 발목이 드러나는 치노 바지 가랑이를 벌리고 힘껏 버티고 서서 양손으로 반야 탈을 들어 올리고 있었다. 아이들은 깔깔거렸지만 뒤이어 달려온 나오키와 겐타의 얼굴에서는 웃음기가 사라졌다. 아이들과 치하루의 이상한 광란 파티는 좀처럼 끝나지 않았다. 나오키는 다시 제정신이 돌아온 얼굴로 사유리를 향해 돌아서서 머리를 긁적였다.

"나 먼저 가설주택에 가서 에어컨 켜 놓을 테니까 죄송하지만 나중에 길 좀 가르쳐 주실래요?"

"어머, 지금 같이 가시지 그래요?"

"아뇨, 가설주택은 지금 한창 달구어져 있을 테니까……. 먼저 가 있을게요."

"……알았어요."

확실히 가설주택은 금방 차가워지고 더워지고 하지만, 비좁아서 조절하기도 어려운 모양이었다. 그러나 사유리는 종종걸음으로 정원 모퉁이를 돌아 나가는 나오키의 뒷모습을 바라보며 그것은 왠지 핑계에 지나지 않는다는 생각이 들었다. 반야 탈이 아니더라도 '엄마의 변신'은 아빠에게는 두려운 것이 아닐까…….

"별일 없었지?"

사유리가 들어와 잠옷으로 갈아입고 겐타와 유스케 사이에 눕자, 겐타가 급히 목소리를 죽이고 물었다. 꼬마전구에 비친 눈만이 반짝였다.

"없다고 하기도 그렇고."

유스케는 엎드린 자세로 깊은 잠에 빠진 듯했지만 사유

리도 소리를 죽여 대답했다.

"……뭔데?"

"나…… 물어봤거든, 치하루에게. 여기 방사선량에 신경 쓰이지 않느냐고. 그랬더니……."

불쑥 눈물이 솟았다.

"그랬더니…… 단기간이니까 신경 안 쓴다고."

겐타는 굵은 눈썹을 치켜세우고 눈을 부라리며, 타월이불에서 두 팔을 내놓고 천장을 노려봤다.

"……그런 거야?"

긴 한숨 소리가 들려왔다. 하고 싶은 모든 말들이 한숨 속으로 녹아들어 갔다. 사유리도 그 한숨 소리에 맞추어 천장을 올려다보았다.

"저 사람들 헤어지려나?"

제일 신경이 쓰이는 부분이었다. 사유리는 손을 뻗어 유스케의 이불을 고쳐 주며 말했다.

"같이 살지를 않으니까……. 어렵지 않겠어? 나오키 씨가 홋카이도로 간다면 모를까."

"아아아……."

다시 한숨 소리 같은 소리를 내더니 겐타는 갑자기 타월이불을 차 버렸다.

"뭐야. 도대체 이게 뭐냐고. 왜 이렇게 돼 버린 거야."

"아유, 유스케 깨겠어."

사유리는 얼른 겐타의 몸을 붙들고 달래다가 뜻밖에도 그 눈에서 흘러내리는 눈물을 보고 말았다. 사유리는 투실투실한 겐타의 배를 툭 치며 "이 바보" 하고 나무랐지만, 제 눈에 흐르는 눈물도 멈출 줄을 몰랐다.

이건 틀림없이 꿈이다. 사유리는 "세 - 슈 - 움" 하고 중얼거리며 암흑 속에서 반야 탈을 쓴 치하루와 대치하고 있었다. 두 사람이 서 있는 바닥이 천천히 기울어져 갔다. 조금 기울었다가는 멈추고 다시 기울었다가는 멈추었다. 어디까지 기울 것인지 짐작이 되질 않았다. 잠시 시간이 흐른 뒤, 치하루는 결심이 섰다는 듯이 어둠 속으로 뛰어들었다.

반야 탈을 쓴 치하루는 겨우 착지를 하더니 손짓으로 사유리를 불렀다. 그러나 바닥이 죽 이어졌다는 보장은 어디에도 없었다. 어둠 속에서 사유리는 다시 기울기 시작한 바닥에 두 발을 버티고 서서 "세 - 슈 - 움" 하고 소리를 질렀다. 황금빛 액체가 발밑에서 빛을 내뿜기 시작했다. 이제 더 이상 치하루 쪽으로 갈 수도 없다. 점점 불어나는 황금빛 액체에 꼴까닥 빠져 가는 순간에 사유리는 눈을 떴다. 땀에 흥건하게 젖어 있었다.

잠깐 눈을 뜨고 있는 동안 사유리는 가설주택에서 나누었을 두 사람의 대화를 상상해 보았지만 아무런 그림이 떠오르지 않았다.

아침부터 매미가 유난히 극성스럽게 울었다.

사유리네 세 식구는 그 소리에 귀를 기울이기라도 하는 듯이 조용히 아침 식사를 마쳤다. 나오키나 치하루로부터는 아무런 연락이 없었던 터라 젠타와 사유리는 유스케를 데리고 성묘를 하기 위해 차를 가지고 동네에 있는 절에 갔다. 묘지는 엄청난 매미 소리에 싸여 있고, 참배로에서는 많은 사람들과 스쳐 지나갔다. 그러나 거기에는 평온함이 충만했다.

오늘은 오본이라서 유스케에게도 매미 잡기를 금지시켰다. 울창한 참배로를 걸어가면서 작년에는 어째서 매미가 적었던 것일까 젠타에게 물어보았다.

"그렇게 끔찍한 쓰나미가 지나갔으니 매미 유충들도 땅속에서 다 죽었을 거야."

"그랬겠지."

사유리도 바로 고개를 끄덕였다. 그러나 이렇게 아무것도 아닌 이야기조차 치하루 부부에게는 언쟁의 불씨가 되리라는 생각에 우울해졌다. 벌이나 참새의 감소, 귀가 없는 토끼의 탄생 등 확인할 수 없는 정보가 인터넷상에 범람하고 있었다.

절에서 돌아오더니 겐타는 풀장에 다녀오겠다며 미카를 불러 유스케와 함께 데리고 집을 나섰다. 물론 아이들을 즐겁게 해 주기 위한 일이기도 하지만 나오키와 치하루에게 둘만의 시간이 필요하다는 생각을 하는 것 같았다.

겐타와 유스케가 나가고 나자 심심해진 사유리는 정원을 내다보다가 물통 안에 소금쟁이(아멘보)가 있는 것을 발견했다. 마침 생각이 나서 휴대전화로 찾아보니 정말로 사탕을 가리키는 아멘보(飴坊)도 나와 있었다.

"어머나 정말이네."

새삼스럽게 감탄하며 사유리는 결국 어젯밤과 똑같은 의문을 가졌다. 도대체 누가 어떤 이유로 그걸 먹어 보았을까?

점심때가 될 때쯤 겐타가 전화를 해, 카레라이스라도 먹고 들어가겠다고 한다. 나오키하고 치하루도 나타나지 않아 매우 조용한 오후였다. 으싸도 땅 위에 엎드려 혓바닥을 내밀고 노곤하게 잠들어 있었다. 너무나 무력하게 자신의 부자유를 감수하고 있는 모습이 가여웠다.

점심시간을 포함한 세 시간 동안, 사유리는 남은 음식을 모아 볶음밥을 만들어 먹은 것 외에는 무엇을 했는지 전혀 기억이 나지 않았다. 겐타가 좋아하는 복고풍의 벽시계가 한 시를 치고 한 시 반을 치고, 두 시를 쳤다. 평상시에는 들리지도 않던 시계 소리가 유난히 귀에 새겨지며, 중대한 결론을 대면해야 할 시각이 다가오고 있다는 생각이 들었다.

겐타가 아이들을 데리고 들어와 샤워를 마쳤을 무렵, 유카타 차림의 나오키와 치하루가 모습을 나타냈다. 벌써 네 시가 가까운 시각이었으나 아직도 날씨는 푹푹 찌고 맴맴 하는 매미 소리도 여전히 시끄러웠다.

나오키의 유카타에는 잉어가 춤을 추고 있었고, 치하루의 유카타에는 흰 바탕에 무리 지어 피어 있는 연꽃무늬가 있었다. 아마도 치하루가 세트로 사 가지고 온 것 같았다. 유카타가 산뜻하게 잘 어울릴수록 두 사람의 비통한 표정이 더 두드러져 보였다.

평소와 달리 미간에 주름이 잡힌 나오키의 얼굴을 보

면 금세 알 수 있다. 시선이 흔들리는 그러나 거의 무표정한 치하루의 얼굴을 보니 소꿉놀이 시절부터 하나도 변하지 않았다는 생각이 들었다. 풀 이파리를 다진 식사 준비가 끝나 갈 무렵 아빠 역을 맡은 사유리가 가지고 온 과자를 내놓으면 치하루는 언제나 저런 얼굴을 했었다. 그리고 치하루의 남동생까지 좋아라 하며 과자에 손을 댈라치면 치하루는 입을 꼭 다물고 아무렇지도 않은 얼굴로 뾰족한 턱을 더욱 뾰족하게 내밀지 않았던가.

겐타와 사유리도 말없이 유카타로 갈아입고 유스케도 갈아입혔다. 겐타는 천둥을 몰고 다닌다는 뇌신 그림, 유스케는 긴타로(얼굴이 붉고 살이 찐 아이 – 옮긴이) 도안이었다. 유카타 입기를 그렇게 고대하고 있었건만 오늘은 좀처럼 기분이 들뜨지 않았다. 거실에서 치하루가 미카의 옷을 갈아입히고 툇마루로 나왔을 때였던 것 같다. 겐타와 나오키는 툇마루에 앉아서 아직 손질이 다 끝나지 못한 정원수를 가리키며 이야기를 하고 있었다. 곰을 탄 긴타로를 등에 업은 유스케가 밀짚모자에 샌들을 신고 그 앞을 가로질러 갔다. 약간의 장난기, 아니 진짜로 확인해 보고 싶은 마음이었을까? 유스케는 으쌰 앞을 지나더니 발걸음 소리를 죽이고 손에 들고 있던 투명한 플라스틱 용기로 갑자기 물통의 소금쟁이를 덮쳤다. 그리고 두 남자가 웃음을 터뜨리는 사이 소금쟁이를 손으로 잡더니 그대로 자기의 입으로 가져갔다.

맴맴 울던 매미가 울음을 그치고 날아가고 사유리가 "아유, 유스케!" 하고 나무랐지만 두 남자는 어이없다는 듯이 껄껄 웃을 뿐이었다. 그런데 그때 치하루가 유카타 자락을 풀어헤치며 뛰어 내려갔다.

순식간에 밀짚모자와 플라스틱 용기가 땅바닥으로 떨어지고 으샤가 짖었다. 사유리와 겐타도 금방 이상한 분위기를 느꼈지만, 먼저 끼어든 것은 나오키였다. 나오키는 유스케의 입속으로 욱여넣은 치하루의 오른손을 잡으며 뒤에서 치하루의 몸을 꼼짝 못하게 꽉 껴안았다. 나오키 등에 그려진 잉어가 크게 파문을 일으켰다.

유스케가 울음을 터뜨리고 으샤가 짖어 대고 마루 끝에 앉아 있던 미카마저 울기 시작했다. 겨우 풀려난 유스케를 사유리가 안아서 달래 주는데 나오키가 치하루에게 소리를 질렀다.

"무슨 짓이야?"

"세슘 때문에……. 소금쟁이의 세슘……."

그렇게 말하며 울음을 터뜨린 치하루는 달래 주는 사람

도 없이 허탈한 표정을 지으며 뒤뜰 쪽으로 걸어갔다.

울음을 그친 유스케에게 겐타는 "그래, 정말 사탕처럼 달던?" 하고 물었지만 유스케는 "몰라" 하고 말하며 변신 벨트를 손에 든 채 어리둥절해하고 있었다.

"그 탈 좀 빌려도 될까?"

치하루가 노을이 진하게 번진 하늘을 뒤로하고 물었다.

"어, 그래. 그런데 왜……."

사유리가 우물쭈물하고 있는 동안 치하루는 벌써 집 쪽으로 뛰어갔다. 숨을 헐떡이며 나막신 소리를 울리고 쫓아왔을 때는 이미 반야 탈을 쓰고 있었다. 분홍색 허리끈으로 반야의 이마로부터 자기 머리와 턱까지 단단히 붙들어 매 놓아 간단하게는 벗겨질 것 같지 않았다.

그러고 보면 이 동네의 본오도리에는 매년 먼 데서 살고 있는 동창생들이 찾아온다. 또 올해는 가설주택에 살고 있는 사람들도 참가하기 때문에, 지금의 치하루로서는 이중으로 얼굴이 팔리는 일이 될 것이다.

강변에 설치된 수공예 조명 옆을 걸으며 사유리는 반야 탈을 쓴 치하루에게 물었다.

"갑갑하지 않아?"

반야 탈이 사유리를 뚫어져라 바라보았다. 금색 눈이 어두운 불빛에 흔들렸다. 무서웠지만 반야와는 어울리지 않는 대사가 튀어나왔다.

"사람들을 볼 면목이 없어. 실은 너에게도 마찬가지야."

입속으로 웅얼거리는 듯한 치하루의 목소리는 언젠가 들어 본 적이 있다. 그리고 이내 입술을 힘껏 옆으로 꽉 다문 치하루의 얼굴을 기억해 냈다. 중학교 때 담임이었던 여자 선생님이 암으로 죽던 날 밤, 장례식장에서 울던 치하루의 얼굴이 바로 그랬다.

"……다시 돌아올 수는 없는 거니?"

눈 딱 감고 물어보았으나 치하루는 한동안 정면만 응시한 채 걸음을 옮기더니 이윽고 반야 얼굴을 크게 옆으로 흔들었다.

사유리와 손을 잡고 걷던 유스케가 갑자기 부채를 휘두르며 "아줌마, 또 변신이네요" 하고 웃었다. 저녁때 있었던 일을 잊어버린 것도 아닐 텐데…….

어른들도 아이들처럼 변신이 빠르다면 일이 이렇게 되지는 않았을 텐데.

겐타를 선두로 해서 나오키가 미카의 손을 잡고 몇 미

터 앞에서 걸어가고 있었다. 저 부녀를 갈라놓고자 하는 힘의 정체는 도대체 무엇일까. 사유리는 아무리 생각해도 이해가 되지 않았다.

큰북과 피리 소리, 그리고 마이크를 통해 들려오는 본 오도리 노래가 높은 무대에서 울려 퍼졌다. 꼬치구이, 프랑크푸르트 소시지, 팝콘, 풍선 낚시 앞을 그냥 지나친 겐타가 큰 소리로 외쳤다.

"먼저 춤을 추고 나서 하는 거야. 음료수도, 간식도, 놀이도 마찬가지야. 자 춤추자."

"그런 것까지 멋대로 호령하지 말라고."

사유리가 항의했지만 뇌신 유카타의 뒤로 긴타로와 잉어 그리고 조금 사이를 두고 연꽃까지 뒤를 이었다. 감색 바탕에 나팔꽃 무늬의 유카타를 입은 미카도 뛰어가서 유스케와 나오키 사이에서 춤을 추기 시작했다. 군청 앞의 대로는 소리와 빛이 넘치고 사람들의 열기가 춤추는 원의 주위를 둘러싸고 있었다. 사유리는 혼자서 반야 탈을 쓴 치하루의 모습만 눈으로 쫓았다. 추남 가면이나 추녀 가면을 쓰고 춤을 추는 사람은 몇 있었지만 반야 탈은 상당히 이질적인 것이었다. 옆에서 춤을 추던 사람들이 슬금슬금 물러났다.

가면을 쓴 치하루에게 지금이라면 말할 수 있을 것 같

았다.

"치하루, 이제 정말 안 돌아오는 거야?"

"더 이상, 왜, 무엇 때문에? 그런 건 묻지 않을게. 묻진 않겠지만……, 슬프다고."

사유리도 춤 대형에 들어가 다만 춤 동작을 맞추는 데만 정신을 집중시켰다. 풍년이 든 논의 벼를 베어 볏단을 묶는 몸짓을 하는 거라고 가르쳐 준 건 돌아가신 시아버지였던가…….

치하루가 멈춰 섰다. 양손을 축 늘어뜨리고 반야 탈을 옆으로 힘없이 흔들었다.

사유리는 춤을 추며 그 옆을 지나쳤다. 춤을 멈추지 않겠다고 마음먹었다.

다음 날 아침, 두 사람은 떠났다. 나오키는 수면 부족으로 보이는 얼굴이었고, 이혼 서류에 도장을 찍었다고 했다. 사유리는 바로 차를 가지고 역으로 달려갔다. 열차가 막 떠난 역은 한산하기만 하고 역사 옆의 배롱나무 꽃만이 변함없이 흐드러지게 꽃망울을 터뜨리고 있었다.

에어컨이 제대로 들어오지 않는 차로 돌아와 "세 - 슈 - 웅"하고 중얼거려 보았지만 이미 이틀 전의 매력은 느낄 수 없었다.

기
도
하
는

사
마
귀

야마구치가 그 사마귀를 처음 본 것은 여름이 끝나 갈 무렵이었다. 가설주택 벽에 농업용 그물을 치고 화분 몇 개에 담쟁이덩굴을 심어 타고 올라가게 해 놓았는데, 사마귀는 대개 그 화분 속이나 그 옆의 철쭉나무 가지에 앉아 있었다. 아무래도 같은 녀석인 것 같다는 생각이 들고부터는 들어가고 나올 때마다 녀석을 찾아보게 되었다.

가설주택 단지는 수풀도 가깝고 집집마다 달린 외등에는 언제나 무수한 곤충이 날아든다. 사마귀로서는 단순히 먹이가 풍부한 이상적인 환경이었는지 모른다. 그러나 야마구치는 잘 설명하기는 어렵지만, 또 설명을 한다고 해도 이상하게 들리겠지만, 어쨌든 그 사마귀에게서 세이코를 느꼈다.

쓰나미로 죽은 세이코의 환생이라고까지는 생각지 않는다. 그러나 사마귀가 특유의 전투적인 자세를 취하는 것을 보면 세이코가 기분 좋을 때 내던 "앗싸!" 하는 활기찬 목소리가 들려오곤 했다. 세이코는 정말 아무것도 아닌 미래에 대해 내기를 거는 것을 좋아했다. 다음 모퉁이를 돌아서 처음 마주치는 차가 트럭일까 승용차일까, 흰색일까 아닐까 같은 간단한 내기를 언제나 걸어 왔다. 특별히 감이 좋은 편도 아니라서 어쩌다 한 번 맞추면 좋아서 소리를 지르며 두 주먹을 저렇게 사마귀처럼 앞으로 모으고 힘을 주곤 했었다.

쓰나미가 오고 있으니 얼른 피하라고 그렇게 당부를 했건만, 그때 세이코는 온다, 안 온다 하는 내기를 걸려고도 하지 않고 "괜찮아, 우리 집은" 하고 딱 부러지게 한마디 하고 웃으며 전화를 끊었다. 지진으로 엉망이 된 부엌을 꼼꼼하게 정리하고 있었을 게 뻔했다. 쓰나미로 벽이 떨어져 나간 집 근처에서 세이코는 양손을 얼굴 앞으로 모은 무참한 주검으로 발견되었다.

사마귀를 '기도하는 벌레'라고 부르기도 한다는 것을 가르쳐 준 것도 세이코였다. 싸우는 자세가 기도하는 자세로도 보인다는 것이 신기했다. 몇 년 전에 처음 들었을 때부터 참 신기하다 생각했었는데 결혼 후 바삐 사느라 화제에 올릴 기회가 없었다. 시신이 발견된 현장에서 야마구치는 싸우면서 기도하는 세이코의 모습을 본 것 같은 기분도 들었다. 자기도 모르게 마치 그 자세를 따라 하는 것처럼 두 손으로 얼굴을 감싸고 울었다.

대지진 후 일 년하고도 구 개월이 지나가고 있는 십이월 초순, 사마귀는 서리를 맞아 앙상해진 담쟁이덩굴의 빨갛게 물든 이파리 위에서 낫 모양의 두 발을 가지런히 모은 자세로 꼼짝도 않고 이쪽을 노려보고 있었다.

"갔다 올게."

야마구치는 쪼그리고 앉아 이마에 손을 올려 해를 가리고 사마귀를 들여다보았다. 사마귀는 삼각형의 머리를 살짝 기울일 뿐 더 이상 움직이지 않았다.

"또 방사능 제거 작업 가는 겨?"

등 뒤에서 커다란 목소리가 났다. 같은 가설주택 옆집에 사는 가토 씨 목소리다. 돌아보기 전에 안경을 쓴 꺼벙한 얼굴이 떠올랐다.

"고생이 많구먼."

"마지막 봉사인걸요, 뭐."

두꺼운 점퍼 주머니에 넣던 손을 꺼내며 야마구치가 웃는 얼굴로 대답했다. 가토 씨는 "마지막?" 하고 중얼거리며 고개를 갸웃했지만, 금방 생각을 멈추고 손에 들고 있던 갈색 물건을 내밀었다.

"이것 좀 먹어 보게. 친구 녀석이 보내 준 거야."

"이런, 감사합니다."

야채 절임이었다. 가토 씨는 받은 것을 다른 사람에게 나누어 주는 것을 너무 좋아해서 때로는 그것 때문에 차까지 몰고 나가는 일도 있었다. 78세라고 하니 야마구치보다 열 살 이상 많은 셈인데 저렇게 건강한 이유는 평상시 저렇게 잘 베풀고 살아서일까? 이 동네에서도 같이 차 마실 친구가 생겼다고 자랑스럽게 말하는 것을 들은 적이 있다.

같이 차를 마시거나 하는 사이는 아니었지만 아무리 사양해도 끝까지 물러서지 않는다는 것을 알고 있는 터라 선선히 야채 절임을 받았다. 지금까지 가토 씨나 다리가 불편한 아줌마로부터 모기향, 건전지, 휴지, 복숭아 등 많은 것을 받았다.

"가토 씨도 어디 나가세요?"

비닐봉지가 차가운 것에 놀라면서 차에 올라타며 말을

했지만 가토 씨는 잠자코 야채 절임 몇 봉지를 껴안고 가설주택으로 돌아가려는 듯 걸음을 옮겼다. 가는귀가 먹어서 자동차 문 닫는 소리에 말소리를 못 알아들은 모양이었다.

"정말 추워졌네" 하고 맥락도 없이 한마디 하더니 "아아!" 하고 큰 소리를 내며 돌아다보았다.

"자네 그 표준말, 참 아까워. 애써서 일으킨 결혼식장이었는데 말이지."

무슨 말인지 이해하는 데 시간이 좀 걸렸다. 특별히 결혼식 사회를 맡아서 하던 것도 아니다. 결혼식장의 경영과 표준어가 직접적으로 관계된 것도 아닌데 가토 씨는 말하자면 야마구치가 결혼식장을 경영했기 때문에 표준어를 잘 쓰는데, 쓰나미가 지나간 다음에는 예식장도 방치된 상태로 쫄딱 망해 버렸으니, 사회도 볼 수 없게 되었다고 동정하는 것 같았다. 그러고 보니 이 동네에서 살기 전에 도쿄에서 살았다는 것도, 태어난 곳이 가나가와 현이라는 것도, 가설주택에 온 후에 아무에게도 말한 적이 없다. 십 년 전 세이코와 둘이서 이곳으로 이사 온 이유는 의외로 기후가 온화하다는 것과 무엇보다도 땅값이 싸서였다.

"아아, 할 수 없죠. 이제 다 포기한 걸요."

차창 너머로 야마구치가 머리를 옆으로 흔드는 것을 본 가토 씨는 두세 걸음 다시 돌아와 야채 절임을 좌우로 흔들고 머리를 흔들며 떼를 쓰는 아이처럼 말했다.

"안 돼, 안 돼. 끝까지 노력해야지 포기라니 말도 안 돼."

야마구치는 조금 고개를 끄덕이며 웃고 다시 한 번 크게 고개를 끄덕이며 차창을 닫았다. 그리고 액셀을 밟으며 가토 씨 같은 사람이야말로 이런 가설주택 단지에 꼭 있어야 할 사람이라는 생각이 들었다. 세이코가 있었다면 틀림없이 빙그레 웃으며 이렇게 중얼거렸을 것이다.

"좋은 뜻으로 그러는 거잖아. 게다가 당신의 병에 대해서 전혀 모르니까 어쩔 수 없지, 뭐."

국도를 따라 이어진 숲속에서는 수많은 묘비들이 아침 햇살을 반사하며 번쩍이고 있었다.

"왜 하필이면 이런 데다 가설주택을 짓는 거야?"

야마구치가 그렇게 말하면 세이코는 또 이렇게 대답하겠지.

"어쩔 수 없잖아. 가설주택이라는 게 원래 빈 터에 지을 수밖에 없는데, 샤인플라자같이 좋은 자리가 비어 있을 리도 없을 테고."

태평양에서 올라오는 아침 햇살을 받고, 지붕에서는 황

금빛 봉황이 빛을 발하던 유리로 지은 결혼식장이 뇌리에 떠올랐다. 그리고 야마구치는 왠지 고개를 갸우뚱 기울인 사마귀의 로봇 같은 눈을 떠올렸다. 어디가 그러냐고 묻는다면 할 말이 없지만, 그것은 열 살이나 나이가 많은 야마구치를 타이르는 세이코의 눈매와 어딘지 모르게 닮아 있었다.

사마귀의 수명은 얼마나 될까……. 묘지 아래서 핸들을 꺾으면서 야마구치는 갑자기 그런 궁금증이 들었다.

"아무런 조치도 하지 않으면 앞으로 반년."

옆 도시의 병원에서 그런 말을 들은 것이 추분 무렵이었으니까, 야마구치에게 남은 시간은 이제 넉 달이 채 안 될지도 모른다. 이 세상에서의 마지막 봉사라고 생각하고 방사능 제거 작업에 참가하기로 한 것은 가설주택에 들어와서 약 일 년 후, 담관암 선고를 받은 직후의 일이었다.

다키모토 고지로부터 전화가 왔을 때 야마구치는 완만한 경사의 은색 지붕 위에서 방사능 제거 작업을 하고 있었다. 과연 그걸로 방사능이 제거가 되는지 어떤지 확증은 없었으나 고무장갑을 끼고 젖은 걸레로 지붕을 꼼꼼하게 닦아 나간다. 작업을 시작할 때 건설회사에서 지도하기 위해 와 있는 젊은 사원이 지붕으로 올라와 다리미같이 생긴 방사능 측정기로 쟀을 때의 방사선량은 매시 0.5마이크로시버트였다. 바람도 없고 그렇게 춥지도 않아서 작업을 하기에 딱 좋은 날씨이긴 하지만 문제는 저녁때까지 이런 식으로 해서 어느 정도나 방사선량이 내려갈까 하는 것이었다.

작업복 주머니에서 휴대전화가 진동을 해 야마구치는 지붕의 북쪽 면으로 이동해서 마스크를 턱 아래로 내리고 통화 버튼을 눌렀다. 뒷산의 대나무 숲과 덤불을 벌채하던 작업원의 눈을 의식할 필요도 없었고 원래 작업 중에 전화를 받는 것은 아무도 뭐라 하지 않았다.

"야마구치 가쓰모리 씨이시죠?"

"네, 어? 다키모토 선생님?"

처음 받는 전화였지만 야마구치는 그 밝고 경쾌한 목소리의 주인이 누구인지 금방 알 수 있었다. 대지진 후 도쿄에 있는 대학병원에서 구조반으로 왔던 젊은 의사 다키모토였다. 가설주택의 집회장에서 질문을 했을 때 명함을 받았던 기억이 났다. 다키모토는 해변 마을에 설치된 건강검진센터에서 근무하는 틈틈이 사회복지과 직원의 안내를 받아 여러 군데 흩어진 가설주택 집회장을 돌며 내부 피폭

에 관한 설명회도 하고 호별 방문 진료도 해 주었던 사람
이다.

"어쩐 일이세요, 갑자기."

말이 채 끝나기도 전에 다키모토는 급하게 "야마구치
씨" 하고 빠른 어조로 말을 이었다.

"저 좀 도와주셔야겠어요."

그다음은 꼼꼼하다 못해 약간 지루한 다키모토의 이야
기에 맞장구를 칠 뿐이었는데, 간단히 정리하면 순회 진료
를 안내해 주던 사회복지과 직원 가나 양에게 홀딱 반해 결
혼해서 둘이서 이 지방에서 살기로 결심을 했다는 거였다.

"그래서 야마구치 씨에게 결혼식 진행을 부탁하고 싶어
요. 가나가 살고 있는 가설주택에서 식을 올리고 싶어요."

거기까지 말하고 다키모토는 쑥스러운지 웃음을 터뜨
렸다.

면사무소의 상사로부터도 "가나 양"이라 불리던 눈이
크고 싹싹한 여직원이 생각났다. 맞다. 아주 잘 어울리는
성실한 두 사람이었다. 그러나 예식장도 날아가고 배상 문
제도 지지부진한 상태라 사업 재개는 생각조차 못 하고 있
는 야마구치에게는 너무나 갑작스러운 이야기였다. 일순
간 멍하니 지붕 위에서 일어서서 정면을 바라보았다. 산골

의 작은 마을 앞쪽으로 갈색 잎이 대롱대롱 달린 상수리나무 숲이 보였다. 방사선량은 지상 1미터에서 부근에서 쟀을 때 매시 1.3마이크로시버트였다. 맑게 갠 파란 겨울 하늘이 그 위에 펼쳐지고, 하늘에서도 끊임없이 방사선이 쏟아져 내리는 듯한 느낌이 들었다. 벌떡 일어난 탓인지 무거운 등에 딱딱한 덩어리가 움직이는 것 같은 통증이 느껴지며 갑자기 두꺼운 구름에 덮인 것처럼 눈앞이 뿌예졌다. 간장까지 전이되었다는 암에 대해서는 생각하기조차 두려웠다. 야마구치는 다시 천천히 쪼그리고 앉으며 휴대전화를 쥔 손에 힘을 주고 두 눈의 초점을 맞추고 말했다.

"아주 좋네요, 그거. 최고예요. 좋아요, 선생. 축하해요. 합시다, 합시다."

나중에 생각해 보니 스스로도 무척 흥분했었던 것 같다. 아무 생각도 없이 무조건 기쁘기만 하고 머릿속에서는 벌써 샤인플라자에서 귀에 익은 만장의 박수 소리가 울려 퍼졌다. 어쩌면 그것이 통증과 고통을 없애 주는 시스템이 되어 주었는지도 모른다. 어쨌든 야마구치는 다키모토의 부탁을 받아들이기로 하고 자세한 일정을 의논하기 위해 만날 날짜를 정하고 전화를 끊었다. 양쪽 부모님의 허락은 받았는지도 확인하지 않았는데 그때는 그런 중요한 일조

차 생각이 나지 않았다.

야마구치는 전문학교와 대학의 호텔학과를 나오기 전부터 가나가와 현의 결혼식장에 취직을 해서 현장에서 잡무를 담당하고 결혼 예식과 파티의 노하우를 몸에 익혔다. 돌아보면 편모슬하에서 자라 인생의 통과의례를 제대로 경험해 보지 못한 때문인지 "경사스러운 자리"의 의식에 대한 동경이 강했던 것 같다. 도쿄의 결혼식장에서 매니저로 근무할 때는 유명한 연예인이나 정치가의 파티까지 직접 부탁 받을 정도의 인맥도 가지고 있었다.

명함의 직함이 웨딩플래너로 시작해서 파티매니저 더 나가서는 과장스럽게도 제너럴 어드바이저로 변하면서 점점 더 많은 일이 쏟아져 들어왔다. 독립한 후에는 일부러 더 분주하게 일에 집착했다. 자기의 결혼은 생각할 틈도 없이 매일 밤 '경사스러운' 술자리가 이어졌고 집은 다만 잠을 자는 장소가 되었다.

갑자기 이 현의 바닷가로 이사를 가자, 그리고 우리 손으로 결혼식장을 짓자는 말을 한 것은 실은 세이코였다.

"그렇게 일만 하다가는 병나요."

어느 날 갑자기 들었던 그 말은 늦은 밤 어두운 역에서 혼자 듣는 안내 방송같이 마음에 와 닿았다. 그때부터 야마구치는 오랫동안 사무소의 일을 돕던 나이가 훨씬 아래인 세이코를 처음으로 반려로서 보기 시작했다.

신축한 샤인플라자의 첫 결혼식은 야마구치 가쓰모리와 미모리 세이코가 올렸다. 단둘이서 신랑 신부, 말수 적은 사회자, 도움이 안 되는 들러리 역할을 다 해냈다. 의식은 음악에 맞춘 입장과 조그만 케이크 하나, 그리고 형식에 맞춘 서약과 어설픈 입맞춤……. 아무도 없는 식장에서 살포시 껴안고 입을 맞추자 멀리서 파도 소리가 희미하게 들려왔다. 세이코에게는 친척도 친구도 없는 무연의 땅이었다.

"아는 사람이 아무도 없는 곳이라 선택한 거야."

세이코에게 그런 말을 듣고 놀랐던 것은 나중에 살림집을 지을 땅을 보러 갔을 때였다. 해변에 위치한 넓고 좋은 땅이었다. 3킬로미터 떨어진 곳에 있는 원자력발전소가 그렇게 위험한 시설인 줄은 그때는 정말 꿈에도 몰랐었다.

이제 식장도 사용할 수 없게 되었고, 세이코도 없다. 그러나 야마구치는 다키모토와 가나를 위해서라면 어떤 예식이나 피로연이라도 다 할 수 있을 것 같았고 그것이 또

한 진짜로 '마지막 봉사'가 되리라 생각했다. 야마구치는 지붕 위에서 그때까지 자기 손을 거쳐 간 수많은 신랑 신부를 기억했다. 쓰나미 피해지의 유류품 보관소에서 본 엄청난 숫자의 결혼사진이 불현듯 강렬하게 떠올랐다. 쓰나미라고까지 할 수는 없을지 몰라도 결혼이야말로 역시 인간의 삶을 송두리째 흔들어 놓는 제어 불가능한 세찬 물결이 아닐까 하는 생각이 들었다. 그리고 야마구치는 곧잘 쓰던 조언을 기억하며 머릿속에서는 벌써 다키모토와 가나에게 말을 걸고 있었다.

"기념사진은 누구나 한 번은 보지만, 서랍 같은 곳에 넣어 두고는 의외로 다시 꺼내 보는 일이 별로 없는 것 같아요. 그러나 거기 찍혀 있는 것은 어쩌면 당신의 인생에서 가장 벅찬 순간, 그것도 가장 많은 양보를 한 멋진 순간이 아니겠어요? 이 사람과 결혼하고 싶다는 서로의 마음이 아무리 순수하다고 해도 구체적인 사안에서 두 사람의 의견이 완전히 일치되는 일은 거의 없습니다. 혹시 있다고 한다면 그건 한 편이 자기 의견을 버린 경우에나 가능한 얘기라고 할까요. 그러나 그것 역시 좋지 않아요. 의상이나 식사, 상차림 등에서 서로 조금씩 양보하는 것으로 두 사람의 만족감을 만드는 것입니다. 양보가 인생의 흐름과 폭을 완전히 바꾸는 경우도 있다는 것을 두 사람도 언젠가는 실감하게 될 거에요. 양보라는 말은 단어 자체도 참 아름답지 않습니까?"

보통은 아무리 젊은 커플이라도 의견 차가 구체적으로 드러난 다음에는 할 수 없는 이야기다. 요즘 커플들은 준비하는 과정에서 생긴 의견 차이로 결혼식 자체를 취소해 버리는 일마저 있다. 상담을 하다가 두 사람의 의견에서 미묘한 온도 차가 느껴지면 즉시 유연하게 끼어드는 것이 웨딩플래너의 요령이다.

야마구치는 그 타이밍을 세이코와의 관계에서 배웠다. 자기가 세이코를 위해서 늘 작은 양보를 해 왔다고 생각했으나 세이코는 작은 일에 어리광 섞인 고집을 부리는 대신 중요하고 큰 인생이 걸린 문제에서 과감히 양보를 한 거다. 이성에게 인기를 끈 적이 거의 없는 야마구치로서는 늘 그런 부채 의식을 품고 있었다.

점심시간 전후로 은색 지붕을 계속 걸레질하고 있자니 늘 하던 생각이 어쩔 수 없이 고개를 쳐들었다. 방사능 제거 작업이 꼭 필요한 일이라면 국가는 이렇게 직접 방사능 제거 작업에 참여하는 사람들이 당해야 하는 피폭에 대해서는 무슨 생각을 하고 있는 것일까? 모두들 보통 입는 작업복에 고무장갑과 마스크만을 한 채로 "괜찮아, 괜찮아" 하고 근거도 없는 장담을 하며 작업에 임했다. 걸레로 지붕을 닦고, 빗물받이를 비우고, 때로는 고압 세정기와 중장비를 사용해서 벽을 닦고, 뜰의 흙을 5센티미터 정도의 깊이로 깎아 냈다. 그렇게 해서 생긴 모든 것을 커다랗고 검은 비닐봉지에 담았다.

시커먼 비닐봉지 안으로 오랜 세월 동안 애지중지하던 소중한 것들이 꽉꽉 담겼다. 20미터 이내에 대나무 숲이나 덤불이 있으면 그것도 깨끗하게 베어 임시 보관장으로 실어 냈다. 그것들이야말로 정성껏 가꾸던 땅이고 생활이 아니었던가. 어쨌든 목표 방사선량은 매시 0.23마이크로시버트 이하. 즉 연간 1밀리시버트 이하를 목표로 하는 모양이었다.

야마구치는 주위의 광대한 숲을 바라보면 심한 무력감만이 쌓이는지라 가능한 한 손끝에 시선을 집중시키고 지붕을 박박 문질렀다. 실제로 방사능 제거 공정이란 것은 작업원의 피폭 과정이다. 피폭이 무서워서 하는 작업인데 작업원은 피폭을 무서워해서는 안 된다. 작업원들에게는 "너희들은 바보가 되라"고 하는 것일까. 이 나라에는 방사능에 대해서 두려워하는 사람과 두려워하지 않는 사람이 둘 다 있으니 국가로서는 보통 입장이 좋은 것이 아니다. 그래서 국가는 재해 지역의 심각한 분열을 방치하고 있는 거다.

"그렇게 나쁜 쪽으로만 생각할 거 없잖아."

세이코라면 그런 말을 했겠지. 물론 야마구치로서는 일부러 나쁜 쪽으로 생각하며 분노를 키울 생각은 애초부터 없다. 이 지붕이 매시 0.5마이크로시버트라고 하지만 실은 마을 한쪽에 있는 라듐 온천과 같은 방사선량이다. 라듐 온천에 다니면서 암을 고쳤다는 이야기는 얼마든지 들려온다. 그렇다면 이렇게 지붕을 닦으며 방사선을 쏘이는 것만으로 치료가 될 가능성도 있는 것이 아닐까…….

"또 그런 극단적인 소리 한다."

"그런 생각이라도 하지 않으면 이 짓도 못 해 먹어."

"아니……. 마지막 봉사라고 했잖아."

말로 세이코를 이길 수는 없다. 지붕 위에서 혼자 상상의 나래를 펼치다가 등을 펴고 일어나며 비틀거리는데 아래쪽에서 무슨 소리가 들려왔다.

"걸레는 충분히 적시고 자주 갈아 주세요."

건설회사의 젊은 직원이었다.

"……예."

순순히 대답을 하고 고개를 숙이는데 또 등에서 둔중한 통증이 느껴졌다. 충분히 적신 걸레로 여러 번 닦아야 하는 것은 잘 알고 있었지만 물통까지 왔다 갔다 한다는 것이 보통 귀찮은 일이 아니었다.

그래도 저녁나절까지 자주 엄습하는 통증에 시달리면서도 수없이 걸레를 빨기도 하고 바꾸기도 하며 지붕을 박박 문질러 닦았지만 지붕의 방사선량은 거의 변함이 없었다. 지금은 사용하지도 않는 담배 건조장 지붕을 하루 꼬박 들여 깨끗이 닦았다는 것 외에 아무런 의미가 없는 작업이었다. 그러나 장비를 사용해서 작업을 한 안채 정원은 방사선량이 아침의 절반 가까이 줄어들었다. 그것을 본 젊은 직원은 "이런 식으로 계속 부탁드립니다" 하는 말을 남기고 먼저 돌아갔다. 이미 그곳은 정원이라 부를 수 없을 만큼 망가져 있었지만 무엇보다도 먼저 방사선량을 반감시키는 것이 당면한 목표였다. 4인 1조로 한 집 당 나흘 정도가 걸리는 지금의 속도는 결코 빠르다고 할 수 없었다. 그러나 해 보지도 않고 세운 계획이란 게 원래 그런 것 아닌가. 집주인이 먼저 지붕은 제거 작업을 할 필요가 없다고 하는 경우도 있고 고압 세정기는 물이 튀어서 빗물받이 청소 외에는 사용도 못 했다. 사방으로 튀는 물을 회수할

방법이 없기 때문이다. 그렇다면 큰 비가 좍좍 내리는 것
도 별 도움이 안 된다는 소리가 되나?

물론 무엇보다 먼저 방사선량을 저하시키는 것이 가
장 시급한 일이겠으나 야마구치는 오히려 그렇게 계속해
서 저선량의 방사선을 쏘이면 어떤 효과가 있을지가 궁
금했다.

"몸에 좋을 것 같아, 아니면 나쁠 것 같아?"

세이코라면 그렇게 내기를 걸어 오겠지. 보통은 방사선
의 영향이 그렇게 금방 나타나는 것이 아니지만 야마구치
는 암의 경과가 그 영향을 보여 주지 않을까 하는 생각이
들었다. 의사가 예고했던 황달이 진짜로 나타날까? 나타난
다면 언제쯤? 황달이 나타나면 이 일도 계속할 수 없을 것
이다. 자기의 몸을 걸고 하는 내기라고 할 수도 없는 위험
하기 짝이 없는 도박. 이렇게 방사선을 계속 쏘이는 방사
능 제거 작업은 그날 쓰나미가 덮쳐 오는 것도 모르고 부
엌을 정리하느라 정신이 없었을 세이코의 행위와 겹쳐졌
다. 본인으로서는 내기를 걸 의도로 그런 것은 아니었을
테지만 결과적으로 세이코는 큰 도박에서 참패한 셈이다.

"맞히지도 못하면서 왜 그렇게 내기를 좋아하는 거
야?"

어느 날 야마구치가 그렇게 물었을 때 세이코는 "생활의 즐거움이라고나 할까?" 하고 대답했다. 그러고 보니 세이코가 그런 사소한 내기를 시작한 것은 야마구치와 결혼하고부터였고 다른 사람에게 내기를 거는 것을 본 기억이 없었다. 세이코는 꽃을 꽂고 콧노래를 부르며 그러한 작은 내기로 야마구치의 주의를 끌고 둘만의 생활에 아기자기한 즐거움을 채워 나갔다. 그런 세이코를 잃어버리고 말기 암 선고를 받은 채 가설주택에서 혼자 살아가는 야마구치의 '생활의 즐거움'은, 방사능 제거 작업만으로는 도저히 채워지지 않았다. 지붕 위에서 단순 작업을 반복하면서 야마구치는 어느새 화려한 결혼식과 피로연의 상세한 부분에 대해 구체적인 계획을 세우기 시작했다.

"벌써 어두워졌는데 그만 끝내자고."

중장비를 움직이던 반장이 야마구치에게 말을 건 후 "왜 그렇게 혼자 웃어? 뭐 좋은 일이라도 있나?" 하고 물었다. 웃을 생각은 아니었는데 야마구치는 "그래요" 하고 대답한 후 이번에는 일부러 더 크게 웃어 보였다.

사다리를 내려와 하루 종일 닦은 은색 지붕을 올려다보았다. 지붕은 석양빛을 고스란히 반사하며 기분 나쁠 정도로 번쩍거렸다. 야마구치는 어쩌면 자기가 세이코보다 더 큰 도박을 하고 있는 것이 아닐까 하는 생각을 했다.

다키모토가 방문하기로 한 토요일까지 야마구치는 그때까지 하던 대로 건설회사에 나가서 방사능 제거 작업 현장에서 일했다. 등에서는 한 번씩 둔중한 통증이 느껴졌지만 매일 아침 세면대의 거울로 들여다보는 얼굴에 아직 황달 기운은 보이지 않았다.

토스트와 샐러드로 간단히 아침 식사를 마치고 차에 타기 전에는 반드시 사마귀를 찾아보았다. 추위와 함께 동작이 둔해지긴 했지만 그래도 매일 아침 있는 곳이 다르다는 점에서 어느 정도 안심이 되었다. 사마귀는 화분 속이나 철쭉나무 가지뿐 아니라 바람에 불려 와 현관 옆에 쌓여 있는 낙엽 위도 좋아하는 것 같았다. 그 속에 먹이가 될 만한 벌레가 있는 모양이었다.

일을 마치고 돌아오면 저녁은 늘 가설주택 단지에 생긴 식당에서 해결했다. 혹시 술을 마시는 날은 캔맥주 딱 한 개로 그쳤다. 술은 마시지 않는 편이 좋을 테지만 그 정도라도 마시지 않고는 못 배길 것 같았고, 지진 전과 비교한다면 안 마시는 거나 마찬가지였다.

가설주택에 입주하고 반년쯤 지나자 비록 조립식 건물

이기는 하지만 식당, 잡화점, 이발소도 하나씩 생겼다. 그 밖에도 열 평 정도의 집회 장소가 있고 일흔두 가구의 가설주택이 주차장 옆으로 십이 호씩 육 열로 늘어서 있다. 해변 쪽으로 이사 간 사람도 많아서 지금은 약 오십 호 정도에 사람이 입주해 있었다.

어두워진 다음에 차로 돌아가서 보니 식당에서 만들어 내놓은 크리스마스트리에서 빈약하게 반짝이는 엉성하게 달린 전구들이 오히려 쓸쓸함을 부추겼다. 아직도 피난민이라고 불리는 사람들이 앞으로 얼마나 더 거기에 살게 될지는 모르나 그것은 새로운 마을이라기보다는 그저 시설이 조금 나은 수용소에 불과했다. 가설주택 단지의 식당은 여덟 시에 영업이 끝나는지라 술 취한 사람을 볼 수는 없었지만 개중에는 옆 동네까지 가서 밤늦게까지 마시다가 시비가 붙어 얻어맞고 오는 사람도 있는 모양이었다.

식당 손님들이 하는 말로는 이 가설주택 단지에서도 완전히 집에 틀어박혀 밖으로 전혀 나오지 않는 사람이 두세 명은 된다고 했다. 그중에 오십 대의 한 남자는 가끔 잡화점에 물건을 사러 오는데 그때마다 누가 자기 집 현관 앞에 제초제를 뿌린다고 불평을 하며 험악한 표정으로 가게 주인을 노려보곤 한다고 했다. 식당 손님은 누군가 나서서 어서 정신과에라도 데려갔으면 좋겠다고 자기가 잡화점 주인이라도 된 듯이 말했지만, 모두들 불투명한 장래에 대한 불안에 시달리느라 가까스로 제정신을 유지하고 있을 뿐, 거기까지 신경이 미치는 사람은 없었다.

가토 씨 정도는 아니라고 해도 많은 사람들이 이웃 사람과 동네 주민들과의 연결 고리를 갖고 싶어 했다. 그러나 연결 고리 못지않게 거리두기를 더 원한다. 모두들 그런 복잡한 기분을 힘겨워하는 것 같았다. 야마구치도 결혼식 이야기가 있고부터 더욱 식당에서 만나는 이들에게 인사치레 이상으로 말을 걸자고 마음먹었다.

야마구치는 집에 혼자 있다가 상태가 악화되는 일이 생길까 두려울 따름이었다. 가설주택에서 누군가 사망한 지 이삼일 뒤에 발견되는 일이 벌써 두 건이나 일어났다. 가토 씨와 이장들이 부검이나 장례식 준비로 동분서주하는 것도 보았다. 야마구치는 그래서 사교성 있는 식당 주인의 전화번호를 휴대전화에 저장했다. 가토 씨와 이장에 이어 같은 가설주택 주민 중에서는 세 번째로 저장하는 번호였다.

집으로 돌아온 야마구치는 목욕물을 데워 목욕을 마친 후 여기저기로 전화를 걸었다. 지금까지 없던 일이었다. 주로 도쿄에서 일할 때 같이 일하던 사람, 같이 술 마시던 사람, 거래하던 웨딩용품점, 이벤트 회사 등이었다. 지금 가설주택에 산다는 이야기를 하자 모두들 입이 무거워졌다. 한눈에 바다를 내려다보며 가든파티를 할 수 있었던 야마구치의 집을 기억하고 있는 사람이라면 더욱 그랬다. 병에 대해서는 함구하고 다만 가설주택에서 올릴 결혼식에 대해 의논을 하고자 했지만, '가설주택'이라는 말이 나오자마자 모두들 바로 말수가 줄어들었다. 또한 친한 친구에게 세이코에 관한 질문을 받고는 이번에는 야마구치가 가던 길이 거대한 바위에 가로막힌 듯해 입을 다물었다. 그래도 포기하지 않고 계속 여기저기로 전화를 하는 것은 병 때문에 불안한 탓도 있었지만 어떻게 해서든지 결혼식 의상과 설비, 꽃 장식 등의 협조를 받고 싶었기 때문이다.

파자마를 갈아입고 침대에 앉으니 전화 바로 옆에 놓여 있는 세이코의 사진이 눈에 들어왔다. 신혼여행 삼아 구 년 전에 갔던 대만의 유명한 사당 앞에서 찍은 사진이었다. 세이코는 '성교(聖筊)'라고 하는 도교의 점을 무척이나 마음에 들어 했다. 한쪽은 불룩하고 한쪽은 평평한 반달 모양의 붉은색 나무 조각 두 개를 동시에 바닥에 떨어뜨려 음양을 점치는 것이었다. 여섯 번 되풀이해서 던진 다음 주역의 원리에 따라 운세를 점치는 것이었는데 세이코는 빨간색의 '성교'를 두 손으로 턱에 갖다 대고 만면에 미소를 띠고 있었다. 점치는 사람에게서 "유 윌 겟 빅 해피니스!"라는 말을 듣고 좋아라 하며 찍은 사진이었다.

세이코에 대한 질문을 받을 때마다 야마구치는 "빅 해피니스"라는 게 도대체 무엇이었을까 하는 생각을 하곤 했다. 잠자리에 들어서도 그 의문은 뇌리에서 사라지지 않았다. 마음에 쏙 드는 집을 짓고 살며 결혼식장의 영업 실적도 순조롭게 늘어나고 성실한 종업원들과 함께 일하던 몇 년 전, 그때가 "빅 해피니스"였던 것이었을까. 흉일(凶日)에는 일이 들어오지 않아, 그런 날은 곧잘 차를 달려 가까운 이와키는 물론 멀리 있는 마쓰시마나 가스미가우라까지 저녁을 먹으러 가곤 했다. 세이코는 "아임 해피!" 하고 웃고 있다. 아무리 생각해도 그 사진 이상 환하게 웃는 얼굴은 떠오르지 않았다. 큰 행복을 예언 받은 그 순간이 역시 가장 행복했던 것일까.

이런 저런 상념에 번민하다가 결국 야마구치는 으레 하던 대로 침대에서 미끄러져 내려와 무릎을 꿇었다. 사진 앞에서 머리를 깊이깊이 숙이고 양손을 모으자 눈물이 쏟아져 내렸다. 자기 인생에 이런 순간이 오리라고는 한 번도 생각해 보지 못했다.

아침 기상 시간이 조금씩 일러졌다. 잠은 점점 얕아지는데 눈이 일찍 떠지는 것은 여간 곤혹스러운 일이 아니었다.

일찍 일어난 시간만큼 명상과 산보를 하려고 마음먹었다. 정식으로 명상하는 방법을 배운 것은 아니었다. 그러나 암 선고를 받은 후 야마구치는 옛날에 들었던 백혈구가 암세포를 둘러싼 모습을 상상하는 미국식의 의료 명상이 생각났다. 그리고 언제부턴가 수십 명의 웃는 얼굴 무리와 비슷한 숫자의 화난 얼굴 무리가 마주 보게 하는 식의 명상법을 제멋대로 짜냈다. 이유도 모르는 채 대치하는 웃는 얼굴과 화난 얼굴. 이미지는 이내 일대일 구도가 되고, 눈싸움 놀이하듯 성난 얼굴의 상대가 가만가만 웃도록, 야마구치는 자신의 얼굴을 온화하게 한다. 옆에서 웃기 시작하면 화가 난 쪽도 갑자기 분노 그 자체의 근거를 의심하게 된다. 그 틈에 웃는 얼굴로 둘러싸는 것이었으나 이삼 분을 명상해도 좀처럼 전체가 웃는 얼굴로 바뀌지 않았다. 그러나 한 사람이라도 만면에 웃음을 띠게 되면 야마구치는 간장 부위가 이내 따뜻해진다는 것을 알게 됐다.

산책을 나서면 그 웃는 얼굴은 언제나 세이코의 사진으로 바뀌었다. 그리고 잠시 후 그것은 결혼 전 같은 사무실에서 근무할 때, 자주 화를 내고 그 화를 좀처럼 풀지 못하던 자신과 꾸중을 듣고도 금방 웃음을 보이던 세이코와의 대비로 기억되었다. 명상은 과거의 자신까지 바꾸어 주는 근본적인 치료가 되는 것 같았다.

가설주택 부근을 산책하다가 묘지 쪽에서 내려다보면 문득 가설주택 단지 전체가 마치 혈류가 나빠진 자신의 간장 같다고 생각한 적이 있다. 여기저기 있는 환기통에서 김이 나오는 것을 보며 얼마간의 생활 모습을 상상해 볼 수 있었지만 그 대부분은 가려져 있었다. 보상 설명회 같은 때 함께 모이는 일이 있기는 해도 그것으로는 허물없이 사귀게 되는 계기가 되어 주지 못했다. 일 년 이상이나 같은 단지 내에서 생활하면서 서로 얼굴은 알지만 말 한마디 나누어 보지 않은 사람이 대다수였다. 현실적인 거리가 너무 가깝다 보니 오히려 더 거리를 두고 싶은 기분을 모르는 바는 아니지만, 은둔형 외톨이나 우울증 또는 정신 분열증같이 주위 사람과 소통을 못하는 질병들이 여기저기 둥지를 틀고 있었다. 야마구치는 아침 햇살을 받으며 천천히 묘지 사이를 걷다가 모든 가설주택에서 웃는 얼굴이 나오는 이미지를 그려 보려 했다. 그것은 그다지 현실적이지도 못하고 무슨 해결책이 되는 것은 아니었지만 새빨간 양탄자를 가설주택 단지 전체에 깔고 신랑 신부로 그 위를 걷게 한다면 더할 나위 없이 완벽하고 자연스러운 그림이 될 것 같았다. 가나가 살고 있는 가설주택은 이 단지 맞은편의 호수 댐 근처지만 분위기는 여기와 비슷할 터였다. 결혼 행진곡은 최대한 음향이 좋은 스피커를 써서 웅장하게 울려 퍼지게 만들고 싶었다. 그리고 가능하다면 생음악으로 하고 싶었다. 하얀 입김을 내뿜으며 그런 생각들을 했다.

산책에서 돌아온 야마구치는 먼저 사마귀를 찾아보았다. 화분에도 없고 철쭉나무에도 없다. 현관 앞에 쌓여 있던 낙엽도 지난 금요일 바람에 불려 어디론가 쓸려 가고 없었다. 초조한 마음으로 여기 저기 찾다 보니 사마귀는 옆집 현관에 놓인 화분의 말라죽은 나뭇잎에 붙어 있었다. 쭈그리고 앉아 머리를 살짝 건드리니 사마귀는 양발을 앞으로 모은 자세로 균형을 잃고 바닥으로 툭 떨어졌다. 야마구치는 얼른 장갑을 벗고 조심스럽게 사마귀의 긴 목을 잡은 다음에 현관으로 가지고 들어왔다.

집안 어딘가에 장마 때 동네 중학생이 반딧불이를 담

아 주었던 플라스틱 벌레통이 있을 터였다. 야마구치는 쭈그리고 앉아 신발장 맨 아래에서 그것을 꺼내 뚜껑을 열고 사마귀를 넣었다. 등은 아프지 않았지만 웬일인지 가슴이 뛰었다.

통을 신발장 위에 올려놓고 얼른 냉장고에서 햄을 꺼내 얇게 썰어 손가락으로 집어서 뚜껑을 열고 넣어 보았다. 머리 위에서 흔들흔들 해 보이니 사마귀는 바로 뛰어올라 낫같이 생긴 양발로 붙잡고 먹기 시작했다.

이삼일 전에 오랜만에 컴퓨터를 켜고 사마귀의 수명을 조사하다가, 먹이가 되는 벌레가 사라지면 자연사한다고 나와 있는 사이트를 발견했다. 조건만 맞으면 꽤 오래 산다고 되어 있었다. 자연사라고 하면 어쩔 수 없는 것처럼 들리지만 잘 생각해 보면 굶어 죽는다는 말이다. 해변 마을에도 몇 사람인가 미처 피난하지 못하고 고립된 채 굶어 죽은 사람이 있었다. 사마귀가 몇 년이고 살 거라는 생각은 하지 않지만 어쨌든 아사시키지 않겠다고 이렇게 헛된 저항을 하는 것도 자연의 일부가 아닐까 생각하며 햄을 붙들고 있던 손가락을 떼었더니 이윽고 두근거리던 가슴도 진정이 되었다.

시내에서 미팅을 마친 직후에 지진이 일어났던 터라, 쓰나미 경보가 나왔을 때 야마구치의 차는 막 후타바 군으로 들어가는 고개에 접어들고 있었다. 마침 통화가 되던 공중전화에서 왜 그때 다시 한 번 전화를 해서 피신하라고 좀 더 강력하게 말하지 못했나……. 다음에 전화했던 예식장 매니저에게 어째서 세이코를 태우고 피하라고 부탁하지 못했나……. 통 속에서 햄을 먹고 있는 사마귀를 보고 있자니 이제 와서 해 봐야 소용없는 후회가 다시 쓰나미의 영상과 함께 밀려왔다.

다키모토와 만나기로 한 십이월 중순, 그날은 아침부터 첫눈이 엷게 나부꼈다. 짐이 정신없이 쌓여 있는 가설주택에서 만날 수도 없는 일이라 야마구치는 이장에게 부탁을 해서 집회소의 방 하나를 빌려 놓았다. 희뿌연 하늘에서 눈이 조용히 솟아 나와 소리도 없이 작은 방의 창문에 부딪혀 녹아내렸다.

큰 방 쪽에는 열 명 정도의 가설주택 주민들이 모여 금줄 만들기 강습회를 하고 있었고 그들의 이야기 소리와 웃음소리가 현관 옆 작은 방까지 들려왔다.

"시끄러운 곳으로 모셔서 죄송합니다. 우선 두 분의 기본적인 생각을 들려주세요."

조그만 탁자 위에 새 노트와 손에 익은 만년필을 놓고 야마구치는 오랜만에 입은 양복에 자신도 긴장해서 입을 열었다.

"기본적인 생각, ……말입니까?"

다키모토는 그렇게 대답하고 양팔을 들어 팔짱을 끼더니 머리 하나는 작은, 옆에 앉은 가나를 바라보았다.

"예, 결혼식이나 피로연을 어떤 식으로 하고 싶은지, 또 어째서 가설주택 단지에서 결혼식을 하고 싶은 건지 뭐 그런 거요. 우선 하나 물어보고 싶은 것은."

이번에는 가나가 다키모토를 올려다보았다. 세 사람 다 무릎을 꿇고 있었다. 다키모토는 감색 스웨터에 은색 오리털 재킷, 가나는 흰 스웨터에 핑크색 오리털 재킷을 입고 있었다. 야마구치 눈에는 두 사람의 모습이 마치 다른 별에서 온 사람들처럼 신선했다. 가나가 고민스러운 듯이 미간을 살짝 찌푸리며 대답했다.

"지금 함께 있는 사람들과 소박하더라도 함께 축복하고 싶어요. 솔직히 너무 요란을 떠는가 싶어 그만둘까도 했는데, 역시 해야겠어요. 우리의 인연도 여기 가설주택 덕분이고요."

자기 의사를 확실하게 밝히는 말투였다. 야마구치가 고개를 끄덕이고 이어서 다키모토가 크게 고개를 끄덕이며 말했다.

"그리고 역시 여기에도 젊은 사람이 있다는 것을 말하고 싶은 거예요."

"젊은 사람이…… 여기에도?"

야마구치의 물음에 다키모토는 자세를 바로잡고 설명을 시작했다. 건강검진에서 방사능이 검출되는 비율이 처음에는 성인과 어린이 모두 절반을 넘는 결과가 나왔다. 결과적으로 사람들의 불안감을 진정시키기 위해 실시한 내부 피폭 측정이 그 불안감을 더욱 부채질한 셈이다. 그러나 올해 구월 말 검사에는 어린이는 제로, 성인도 불과 3.5퍼센트 정도의 검출률이 나왔을 뿐이다. 그런데 방사능이 검출된 사람들은 모두 특별한 것을 먹은 사람들이었다.

"슈퍼에서 파는 것만 먹는다면 100퍼센트 방사능이 안 나옵니다."

다키모토는 이전에도 여기 큰 방에서 열린 설명회에서 말했던 내용을 더욱 자신을 실어 말했다.

"특별한 것?"

"대개는 버섯 종류예요. 자신이 심었다든가 산에서 따

와서는……."

가나가 자신이 넘치는 다키모토의 얼굴을 보며 바로 말을 이었다.

"산나물이나 버섯 따기를 좋아하는 사람들은 그걸 안 먹고는 못 배기나 봐요. 한창 나물이나 버섯이 나오는 계절이 되면요."

"아니 그 정도가 아니라 중간에 집에 돌아가서 버섯 기르는 나무토막을 가지고 오는 사람도 있어요."

"아, 그런 말은 나도 들은 적이 있는데……."

"아, 실례했습니다. 그래서 그렇게 불안해할 필요가 없다는 말씀을 드리고 싶은 거예요."

"……그런데, 세상에서는…… 그런 말이지요?"

"예, 제가 아무리 이런 내용을 블로그에 올려도 신문 방송에서 특별한 케이스만 보도를 하니 좀처럼 불안이 사라지지 않죠. 또 불안을 부추기는 문외한의 책도 많이 나오는 통에 젊은 사람들이 돌아오지 않는 것 아니겠어요."

"아, 그래서 여기에도 젊은 사람들이 살고 있다 하고 말하고 싶은 거군요."

"죄송합니다. 너무 돌려서 말을 해서."

"아뇨, 전혀 그렇지 않습니다."

야마구치가 오른손을 흔들자 동시에 다키모토가 머리를 긁고 가나는 웃음을 참으며 송구스러워했다. 야마구치는 젊은 사람들이 돌아오지 않는 것은 이미 그런 문제가 아니라, 거주 지역의 생활과 진학 문제, 또 취직 문제 등의 영향이 큰 것으로 보고 있었지만 굳이 찬물을 끼얹지는 않았다.

"선생, 외부 피폭은 어떻습니까?"

"그것도 현재 거주 지역에서는 전혀 문제가 없습니다."

즉각적으로 확신에 찬 답이 돌아왔다. 다키모토가 잘 아는 그룹이 후쿠시마 현 중부 내륙 지역과 동부 해안 지역, 또 전국 각지에 방사능 측정기를 보내 이 개월 간 일상생활 중의 실제 누계 방사선량을 조사했는데, 그에 의하면 원자력발전소에서 31킬로미터인 이와키 시 북부에서 연간 환산 2.1밀리시버트, 후쿠시마 시와 고리야마 시 등 방사선량이 비교적 높다고 여겨지는 중부 내륙 지역에서도 최대 2.1밀리시버트 정도였다고 한다.

"CT 한 번 찍는데 얼마 정도의 피폭이 일어날 것 같아요?"

다키모토는 양 무릎에 손을 올려놓고 야마구치에게 도전하는 듯한 눈길을 던졌다.

"전신 촬영이면 6.9밀리입니다. 치과에서 찍는 구강 내 엑스레이도 30마이크로시버트는 피폭이 일어난다고요. 실은 누적 방사선량이라는 개념조차 이제는 별로 의미가 없는 거죠. 인간에게는 복구력이라는 것이 있으니까요. 지금 우리는 너무 신경질적으로 반응하고 있는 거예요."

가나도 늘 같은 소리를 들었는지 확신에 찬 목소리로 열심히 설명하는 다키모토의 옆모습에 가볍게 고개를 끄덕이며 젖은 머리카락을 만지작거렸다. 야마구치가 잠자코 고개를 끄덕이고 있자니 다키모토가 다시 머리를 긁적이며 괜히 사과를 했다.

"너무 혼자 흥분을 해서 죄송합니다. 우리는 실은 가나의 고향 집 근처 벚꽃 숲 공원의 신사에서 식을 올릴까 하는 생각도 했었어요."

"에?"

자기도 모르게 야마구치의 눈이 커졌다. 그곳은 확실하게 귀환 제한 지역 내에 있는 벚꽃놀이 명소였다. 야마구치의 집에서는 5킬로미터 정도 내륙 쪽에 있었지만 방사선량은 오히려 해안가보다 높은 곳이다. 놀란 눈으로 가나 쪽으로 시선을 돌리니 가나가 곤혹스런 표정으로 웃으며 말했다.

"가끔씩 이렇게 막무가내로 군다니까요. 그래서 상사들과도 부딪히곤 한답니다."

그만하라는 듯 다키모토가 가나를 향해 얼굴을 찌푸려 보였지만 가나는 미소 한 방으로 그 공격을 무력화시켰다. 야마구치는 자기와 세이코의 결혼 후의 일들이 생각났다. 순진하고 착하기만 하던 부하 직원이 엄마처럼 야단을 치질 않나, 어느 틈엔가 완전히 자기를 제압하는 존재가 되어 있었다. 너무 일찍부터 그런 징조가 나타나는 두 사람에게 동정을 금치 못하면서도 야마구치는 가나에 가세했다.

"그건 확실히 막무가내네요. 우선 거기는 들어갈 수가 없잖아요?"

"들어갈 수는 있어요. 군청에 신청만 하면. 가나의 일시 귀향에 맞추어 식을 올리면 되는 거예요······. 그렇지만 신사의 신관(神官)도 지금은 이쪽의 임대 주택에 있다 하고, 너무 요란을 떠는 것 같아서 그것만은 참기로 했습니다."

다키모토는 재미있는 장난을 포기한 아이처럼 정말 섭섭한 표정으로 말했다. 원래 다키모토는 저선량 피폭에 대해서는 놀라울 정도로 낙관적인 견해를 가지고 있는 사람이었다. 다키모토의 말에 의하면 그것은 결코 낙관적인 것이 아니라 비관론으로 왜곡된 견해를 정당하게 제자리로 돌려놓는 것에 불과하다고 했는데, 야마구치도 그의 명확한 설명에 적지 않게 감화를 받았다.

"저선량 피폭의 문제는 더 이상 과학의 영역이 아닙니다. 의학과 과학만으로는 성립되지 않습니다."

기억하기로는 두 번째 설명회에서도 다키모토는 그 말을 했었다. 야마구치는 지금까지 얼마나 많이 그 말을 반추해 왔는지 모른다. 가나에게는 질렸다는 표정을 보이면서 야마구치는 순간, 다키모토의 아이디어에 동조하는 듯이 벚꽃 숲 공원에 벚꽃이 흐드러지게 피어 있는 광경을 기억해 냈다.

"아쉽기는 하겠지만, 그건 일단 포기합시다. 양보해 주세요. 양보하면 길이 열립니다."

야마구치의 말에 다키모토와 가나는 곰곰이 생각하는 표정으로 천천히 고개를 끄덕였다.

그러고 나서 야마구치는 늦었지만 양쪽 부모님도 동의하시는지 확인했다. 가나의 "네" 하는 대답에는 아무런 그늘이 없었지만, 다키모토의 "물론입니다"에는 약간의 의지적인 기운이 느껴졌다. 부모 중 한 사람이 아직 동의를 하지 않고 있는 게 아닐까 하는 생각도 들었지만 그 부분은 다키모토의 의지에 맡길 수밖에 없는 부분이었다.

　메모를 하면서 두 사람의 계획을 들어 보니 의외로 아주 중요하고 기본적인 부분조차 두 사람 사이에서 아직 이야기가 되어 있지 않았다. 식은 '신도식(神道式)', 술은 '고모다루(菰樽)', 신랑 신부의 옷은 일본 전통 의상인 '하오리하카마와 이로우치가케(羽織袴, 色打掛)'. 그렇게 적고 "드레스는 안 입어도 괜찮아요?" 하고 물으니 가나는 아랫입술을 깨물며 창밖을 응시했다.

　"신부가 드레스를 입게 되면 신랑도 턱시도를 입어야 합니다. 그렇게 되면 신사의 신관의 의상과 조화가 잘 안 되죠."

　야마구치의 말에 다키모토는 팔짱을 끼고 입술을 꽉 다물었다. 가나는 아쉬운 듯이 다키모토의 옆얼굴을 응시했다.

　"가설주택이라 옷을 다시 갈아입기는 어렵겠죠?"

　확정 짓는 의미로 야마구치가 다시 한 번 확인을 하니 가나는 살짝 웃으며 "네, 전통식으로 할게요" 하고 확실하게 대답했다. 일단 양보를 하고 나면 바로 포기할 줄 아는 현명함은 세이코와 완전히 똑같다.

　그러나 그로부터 한 시간 가까이 편한 자세로 고쳐 앉

아 이야기를 한 끝에, 결국 전통 의상 같은 것을 빌리는 대신 나중에도 입을 수 있는 턱시도와 드레스를 사기로 했다. 신관 역할은 야마구치에게 부탁을 한다고도 했다. 반지 교환은 하지 않고, 샴페인은 충분히 준비해서 모두 함께 건배를 하자는 것이 두 사람의 공통된 의견이었다. 옆의 큰 방에서 계속되는 금줄 강습회의 소리가 들려올 때마다 두 사람은 점점 조심하며 목소리를 줄였다.

"무조건 양보하는 것도 좋지 않아요."

야마구치가 다키모토를 똑바로 보며 말을 하고 다시 두 사람에게 물었다.

"두 사람에게 있어서 결혼식에서 이것만은 뺄 수 없다 하는 것이 있다면 무엇입니까? 그냥 마음대로 한 번 말해 보세요."

그랬더니 두 사람은 갑자기 눈을 반짝이며 가나는 부끄러운 듯이 "직접 만든 부케"라고 말하고 다키모토는 "불꽃놀이는 어떨까?" 하고 장난꾸러기처럼 중얼거렸다.

"불꽃놀이?"

"그래, 그래. 눈이 번쩍 뜨일 정도로 엄청난 소리가 나는 것으로."

"소리만 크면 되는 거예요? 그리고 부케는 신부께서 직접 만들 수 있나요?"

카탈로그도 견본도 없는 채로 야마구치는 오랜만에 사업적인 거래가 아닌 가족끼리 결혼식 순서를 의논하는 미팅을 진행시켰다. 그러나 너무 오랜만이라 아직 감이 살아나지 않았는지 가장 중요한 날짜를 물어보는 것을 깜빡하고 말았다. 음악을 정하고 음료수 종류를 정한 다음에 문득 야마구치가 물었다.

"희망하시는 날짜는 언제쯤입니까?"

"올해 안에 하고 싶은데요."

야마구치는 기가 막혀 자기도 모르게 콧방귀가 나왔다.

그러나 생각해 보면 앞으로 몸이 어찌될지 모르는 불안을 안고 있는 야마구치에게 그것은 너무나 좋은 조건이었다.

"예식장이라면 생각할 수 없는 속도네요" 하고 웃어 보였지만 금방 "그래요. 좋은 일은 서두르라고 하잖아요" 하며 고개를 깊이 끄덕였다.

눈이 펄펄 내리고 있었다.

점심때가 지나 다키모토가 타고 온 왜건에 두 사람이 타고 떠나는 것을 배웅하고 야마구치는 집으로 돌아와 다시 노트를 들여다보았다. 두 사람은 많은 부분 이 가설주택의 상황에 맞추어 양보를 했다.

"그럼 야마구치 씨만 믿겠습니다."

몇 번이고 그런 말을 했다. 날짜는 크리스마스 날, 그것도 저녁 다섯 시. 기념사진은 할 수 없이 다음 날, 귀환 제한 구역에 있는 벚꽃 공원까지 찍으러 간다고 했으나 그것은 야마구치의 역할 밖의 일이었다.

어찌 되었든 야마구치는 자신의 병이 의사인 다키모토에게 간파되지 않은 것에 일단 안도했다. 그리고 본격적으로 내리는 눈을 바라보며 오늘 아침 사마귀를 집으로 들여놓은 것을 얼마나 다행스럽게 여겼는지 모른다. 그리고 어쩌면 자신에게도 기적이 일어날지도 모른다는 생각이 들었다.

저녁 해가 군청색으로 변한 서쪽 산 너머로 내려가자 눈 아래 호수는 점점 검은빛을 더해 갔다. 사전 조사 때와 미팅, 그리고 이번이 세 번째 방문이었다. 집회장 주위는 놀랄 정도로 많은 조명이 번쩍이고 전구 장식을 도와준 면사무소 직원들이 모두 두툼한 방한복을 챙겨 입고 자기들끼리 떠들고 장난을 치고 있다.

불꽃이 예정대로 올라갔다. 3회 연발로 세 번. 군데군데 눈으로 덮여 있는 산들이 바르르 떨었다. 그때 바로 가토 씨가 순록 인형 옷을 입고 마을회관으로 향하는 길에 춤을 추며 등장했다. 무엇이든지 도와줄 테니 말만 하라더니 나중에는 아무거나 시켜 달라고 야단이라 부탁한 역할이었다. 늙은 순록은 안경을 벗은 탓에 지면이 제대로 보이지 않는 모양이었다. 그런데 꾸부정한 허리로 어설프게 걷는 모습이 우스웠는지 마을회관 주위에서 환성이 일었다.

야마구치는 산타클로스의 하얀 수염을 쓰다듬으며 주차장에 대기하고 있던 턱시도 차림의 두 사람에게 신호를 보냈다. 그랬더니 다키모토의 의대 동급생이라는 두 사람은 등을 쭉 펴고 하얀 장갑으로 금색 악기를 받치고 '밤하늘의 트럼펫'을 불기 시작했다. 기온은 섭씨 2도. 바람 잠잠. 트럼펫 주자가 입술로 만들어 낸 청량한 소리가 어두워 가는 하늘로 널리널리 퍼져 나갔다.

야마구치가 하얀 장갑을 낀 손으로 가볍게 다키모토의 등을 두드리니 가나도 깊이 고개를 끄덕이고 다키모토의 손에 이끌려 급조된 버진로드로 발걸음을 옮겼다. 밝은 감색의 턱시도와 연한 하늘색의 드레스는 추운 계절과 맞물려 어찌나 청초한지 가나가 직접 만든 부케 속의 수선화에서 퍼지는 향기가 마치 두 사람에게서 나오는 것 같았다.

가나는 야마구치가 특별 부탁해서 구해 온 일찍 피는 벚꽃과 수선화를 연분홍색 한지로 싸서 자연스러운 느낌의 부케를 만들었다. 다키모토의 가슴에도 같은 꽃으로 만든 코르사주가 흔들리고 있었다. 버진로드에는 빨간 실외용 카펫을 깔았다. 어느 틈엔가 가설주택의 사람들도 그 양편에 늘어서서 환성을 지르며 미리 나누어 주었던 축하 폭죽을 터뜨렸다. 이틀 전에 야마구치는 미리 이것저것 부탁하기 위해서 가나가 사는 가설주택 단지 마을회관을 방문했었다. 모든 일의 중개 역할은 가토 씨가 맡아 주었다.

"거기도 내 친구가 있다고" 하고 가토 씨는 웃었지만 버진로드를 지켜보는 사람들 중에는 야마구치와 같은 가설주택 주민도 있었다. 마을회관에서는 가토 씨 친구의 친구인 아줌마들 몇 사람이 돼지고기 된장찌개를 끓여 놓고 기다리고 있을 것이었다.

맑게 울려 퍼지는 트럼펫 소리를 들으며 야마구치는 커다란 흰색 자루를 메고 겨우 발걸음을 옮겼다. 자루 속에 든 것은 공책, 색연필, 그림물감 같은 아이들에게 줄 선물이라서 별로 무겁지는 않았다. 막 황달이 나타나기 시작한 얼굴에는 파운데이션을 진하게 발랐으니 아무도 모를 것이었다. 그러나 아이들이 부딪칠 듯이 다가오는 것만으로도 다리가 후들거렸다. 아이들에게 선물을 나누어 주는데 등으로 격심한 통증이 지나갔다.

　사실 요 며칠 동안 몸 상태가 상당히 안 좋았다. 사마귀는 현관에서 여전히 수명을 이어 가고 있었다. 야마구치도 병원 입원이라는 '헛된 저항'을 생각해 보지 않은 것은 아니지만 어쨌든 모든 것은 결혼식이 끝난 다음의 이야기였다. 그런 마음으로 오늘을 맞았다.

　"언제나 그렇게 일을 앞세우니까 피로가 쌓이고 건강을 해치는 거야."

　전에 원인 불명으로 미열이 계속될 때 세이코는 그런 말을 했었다.

　"일을 일단락 짓는 것도 자기가 알아서 해야지, 저절로 되는 게 아니라고."

　좀 쉬라는 소리였지만 타고난 성격 탓인지 그 점만은 좀처럼 양보가 되지 않았다. 비가 오거나 바람이 강하게 부는 날은 방사능 제거 작업도 쉬게 된다. 눈이라도 내리는 날은 매번 회사에 전화를 해서 작업 여부를 의논해야 했다. 최근 삼 주간은 손가락으로 헤아릴 정도밖에 작업이 없었다. 병원에도 안 가고 산책도 안 하고 야마구치는 오직 명상에 매달렸다.

어제 오후 산타 옷을 입고 침대에 누워 있으니 저절로 수많은 웃는 얼굴에 둘러싸이는 명상을 하게 되었다. 아는 얼굴은 아무도 없었다. 한동안 명상에 빠져 있는데 갑자기 발기가 되었다. 정말 오랜만이었다. 몇 년 만인가 생각하며 손을 뻗어 만져 보았다. 위로하는 것도 아니고 모독하는 것도 아니고 야마구치는 처음으로 그것을 경외하는 마음으로 사랑스럽게 쓰다듬었다. 그 순간 사무치도록 살고 싶다는 생각이 들었다.

서둘러서 아이들에게 선물을 나눠 주고 음악의 템포보다도 빠른 걸음으로 마을회관 앞에 다가가 두 사람 사이에 서서 큰 소리로 외쳤다.

"자 여러분, 다시 한 번 큰 박수로 맞이해 주시기 바랍니다."

하얀 천이 덮인 테이블 앞에 신랑 신부가 나란히 서고 그 주위를 일가친척과 친구들, 그리고 가설주택 주민들이 겹겹으로 둥근 원을 그리며 둘러쌌다. 밀치락달치락하며 법석을 떠는 사람들 사이에서 환성이 울리며 박수가 쏟아져 나왔다.

그것은 신랑 신부 두 사람의 믿음직스러운 언동과 사람됨에서 비롯된 것이었겠으나 야마구치로서는 어제의 명상에서 본 광경과 똑같다는 것이 무척이나 기뻤다.

박수 소리에 이어 신랑 신부가 선택한 기타 솔로 '갈채'가 부드러운 어둠에 스며들었다. 특별히 설치한 스피커의 성능도 나쁘지 않았다. 신랑 신부가 특대형의 하트 모양 초에 점화를 하고 자연스럽게 입을 맞추었다. 길게 이어지는 입맞춤, 그 뒤쪽에서는 산타클로스가 말없이 웃으며 지켜보았다. 그것이 오늘이라는 성스러운 밤의 유일한 의식다운 의식이었다.

다시 울려 퍼지는 트럼펫 결혼 행진곡에 맞추어, 마을 회관 안으로 이동해서 샴페인을 터뜨려 건배를 했다. 부케를 만들고 남은 많은 양의 벚꽃이 그 순간 그 방의 중앙에서 강한 향기를 터뜨리는 것 같은 기분이 들었다.

마을 이장과 의과대학 시절 은사의 축사가 있었다는 것은 기억이 난다. 이장이 '비에도 지지 말고 방사능에도 지지 말고' 어쩌고 하며 유명한 시를 패러디하는 바람에 실소를 자아냈다. 콧수염을 기른 의대 교수는 성급하게도 건강한 자녀가 태어날 것이라고 장담을 했다. 수선화 꽃병 사이에 애피타이저, 케이크, 아이들을 위한 과자, 와인, 맥주 등이 보기 좋게 준비되어 있던 것은 기억이 나지만 그 이후의 기억은 전혀 나질 않았다.

몸에 닿는 손길이 세이코인가 했다.

그러나 정신을 차리고 보니 양쪽 어깨에 푸른색 옷을 입은 남자들의 부축을 받으며 집 현관에 서 있었다.

"어디 있어요? 그 사마귀라는 게."

힐난하는 말투였다. 희미하게 구급차에 실리기 직전의 상황이 생각났다.

야마구치가 양쪽 겨드랑이를 구급대원들에게 들린 채 다키모토에게 사마귀를 병원까지 가져가고 싶다고 했고, 다키모토는 "어차피 가는 길이니까 어떻게 좀……"하면서 구급대원들에게 머리를 조아렸다. 구급차의 빨간 등이 빙빙 돌아가고 있었다.

"아, 여기 있네요."

그러면서 통을 들어 올리는데 흰 장갑을 낀 손에서 통이 미끄러져 떨어졌다. 그 바람에 뚜껑이 열렸는지 사마귀는 현관에 놓여 있던 신발 속으로 튕겨져 나갔다. 손가락으로 집어 들었는데 사마귀가 고개를 세차게 휘젓는 바람에 다시 바닥으로 떨어졌다. 그때 어디서 왔는지 투실투실한 길고양이가 사마귀를 덥석 물고는 달아났다. 눈 깜짝할 사이에 일어난 일이었다. 당황해서 쫓아갔지만 고양이는 벌써 눈이 녹은 주차장의 차 한옆에서 부지런히 주둥이를 움직이더니 앞발로 제 얼굴을 싹싹 닦았다.

"괜찮은 겨?"

야마구치를 부축하고 있는 대원들 뒤쪽에서 가토 씨가 물었다. 순록 인형 옷에서 얼굴만 내놓고 있었다. 구급차에 같이 타고 온 모양이었다.

"아, 죄송합니다."

"아, 이 사람아 죄송하기는. 얼른 병원이나 가 보게. 그리고 빨리 나아서 다시 돌아와야지."

"아, 저기…… 피로연은?"

"걱정 말아. 자기들끼리 아주 한창 달아올랐어. 이제 우리 같은 사람이 나설 자리가 아니라네."

들것에 실려 다시 구급차에 오르니 다시 의식이 멀어져 갔다.

야마구치는 자신이 활짝 웃고 있다는 것을 느꼈다. 운전석에서 수군거리는 소리가 들려왔다.

"그 의사라는 신랑의 부탁이라 가 보기는 했지만, 나잇살이나 먹은 남자가 무슨 사마귀를 찾고 야단이래."

병원에 도착하자 흰 수염과 눈썹이 떼어져 나가고 바로 검사가 시작되었다. 그러나 산타 옷을 입고 누워 있는 진한 화장으로 얼룩진 남자의 얼굴에서는 여전히 미소가 사라지지 않았다.

빛의
의
산

오늘 예까지 이렇게 찾아 주고 참으로 고맙구먼. 해가 지려면 아직 시간이 좀 남아 있는데 이 할아버지 이야기 좀 들어 볼랑가? 아녀, 아녀. 쓸데없는 이야기는 안 혀. 자네들이 시방 구경하겠다고 온 이 산에 관한 이야기여.

옛날에 말이지 그러니까 그게 지금으로부터 삼십 년 전 일인디, 후쿠시마 깡시골에 아주 별난 할아버지가 살고 있었지. 아니, 내 얘기가 아녀. 나도 그때는 젊었었고 아무것도 모른 채 도쿄에서 살고 있었다니께.

다들 잘 알고 있겠지만 그땐 아직 여기저기에 원자력 발전소라는 게 있던 때여. 아마 기억들 날 거야. 그 '3 · 11'

이라는 대지진으로 후쿠시마 해안에 있던 원자력발전소가 파괴됐던 거. 아주 난리도 그런 난리가 없었지.

정치도 엉망이었지. 중의원이다 참의원이다 별로 차이도 없는 비슷한 게 두 개씩이나 있던 시대니까, 모든 게 꼬였었어. 주요 정당 둘이서 만날 쌈박질하느라고 중요한 나랏일은 뒷전으로 밀려 전혀 진전이 없었으니까.

아마, 대지진이 있고 나서 두 번째 총리 때였을 거야. '후쿠시마 복구 없이는 일본 복구는 없다.' 어쩌고 혼자 있는 폼 없는 폼 다 잡더니, 여기저기 폼 잡고 다니느라고 정작 피해 지역인 동북 지방까지는 돌아볼 틈이 나야 말이지.

그러는 동안 도쿄 대지진이 일어나고, 이어서 후지 산이 폭발했던 거는 알지? 내가 시방 이야기하려는 건, 바로 그 몇 년 동안에 일어났던 일이야. 그때만 해도 도쿄는 지금과는 달리 사람들이 아주 많이 살고 있었지. 여기는 젊은 사람들이 점점 줄어들어 고령화와 인구 감소 문제가 심각했지. 하하하……. 지금 생각해 보면 믿기 어려운 일이지?

어쨌든 그 후쿠시마에 살던 할아버지는 당시 일흔 살

정도 되었을 거야. 그래도 아주 팔팔하게 매일 자기 논밭에서 농사도 지어 가면서, 또 실버인재센터에 등록을 해 두고 여기저기서 들어오는 일도 다녔어. 책임감도 그렇게 강하고, 목수 일이고 도로 공사고 못하는 일이 없어서 사람들에게 인기도 아주 좋았지.

대지진 이후에도 그 점은 변함없었어. 신심도 깊어서 자기 집 조상들의 위패를 안치한 절에도 자주 드나들었지. 넘어진 지장보살을 다시 일으켜 세우고, 절 주위의 산림도 계획을 세워서 차분하게 돌보았어.

아아, 물론 결혼은 했지. 할망구라고 하자니 미안하긴 하지만, 나이가 좀 많은 연상의 마누라님과 투덕투덕 싸우면서도 일하러 갈 때는 꼭 같이 다니곤 했지. 자식은 둘이 있긴 했는데 그게 둘 다 덜떨어진 놈들이라 도쿄에다 살림을 차리고는 고향으로 돌아올 생각은 조금도 없는 것들이었어.

원자력발전소 사고 이후에는 더욱 말할 것도 없고. 그때는 다들 방사능의 영향에 대해 피해망상을 가지고 있었지. 이 현에서 외부로 나가 버린 사람이 오만 명이 넘는다지 아마. 정부도 못 믿겠고 학자들도 믿을 수가 없어 모두들 우왕좌왕하던 때였으니까.

그런데 자네들은 '방사능 제거 작업'이란 말 기억하나? 그려, 그려. 돈은 정부가 내고, 그 지방 사람들이 하청을 맡아서 하던 작업이지. 이 동네에도 토건업자말고도 방사능 제거 작업조합, 뭐 이딴 게 생기고, 그 제거 작업으로 돈 좀 벌어 보자 하는 사람들이 생겼어. 가설주택에 사는 사람이나 당시 직업이 없던 사람들이 모두 방사능 제거 작업을 위한 강연회 같은 데를 다니며 준비를 했지. 그런데 시작은 했는데 효과도 별로 없다 보니, 어느 틈에 유야무야되고 말았지…….

도쿄에서 살고 있던 나는 솔직히 고향이 엄청나게 무서운 일을 당한 것에 대해 그저 벌벌 떨고 있었지. 당시의 나도 슈퍼에서 포장해서 파는 야채 같은 게 방사선으로 살균되어 있다는 것 정도야 알고 있었으니까 '오염'이란 말에는 쉽게 수긍이 가지 않기는 했지. 병원에서 CT 한 번만 찍어도 한꺼번에 6.9밀리시버트의 피폭인데, 그건 오염이 아닌가 하는 의문도 있었지만 어쨌든 그때는 불안감을 부추기는 학자들이 아주 극성인지라, 나도 머릿속이 뒤죽박죽이었지. 방사능 제거 작업 자체가 피폭 행위가 아닌가 하는 생각도 들었지만 아무 행동도 못하고 그저 도쿄에서 수수방관하고 있었지.

그런데 그 할아버지는 고민도 하지 않았을 것이고 아마 혼란에 빠진 일도 없었을 거야. 실은 그 할아버지는 방사능 제거 작업에서 나온 흙 같은 폐기물의 가설 처리장 이야기가 나오기 전부터 실행에 옮긴 행동이 있었어. 뭐 행동이라고 해도 그때까지 해 오던 일과 크게 다른 일을 하는 게 아니었어. 그래서 별로 눈에 두드러지지도 않고 착실하게 진행할 수 있었을 게야.

누가 정원의 나무 가지치기를 부탁하면 작업을 하고 나온 나뭇가지를 가지고 돌아오고, 잡초 제거 일을 맡으면 그 풀도 가지고 오고. 매번 경트럭 짐칸에 차곡차곡 싣고 돌아왔는데, 그건 전에도 늘 하던 일이었어.

보다시피 땅이 아주 넓잖아. 오천 평 정도는 되지. 저 산과 그 뒤에 산까지 다 할아버지 땅이니까, 산 바로 밑에도 이렇게 넓은 밭이 있으니까 나뭇가지 정도야 아무리 가져다 쌓아도 아무도 몰랐지. 물론 할머니는 알고 있었지. 어느 날 "왜 그렇게 남들이 버리는 나뭇가지고 잎이고 가지고 오는 거예요?" 하고 물었지. 그러면 할아버지는 "괜찮아, 괜찮아" 하고 대답했어.

가설 처리장이 갈 장소는 좀처럼 결정되지 않았어. 그거야 그럴 만도 하지. 어딘가 한 군데를 처리장으로 정해야 한다는 것이야 모두들 알고 있었지만 아무도 자기 집 근처에 그런 시설이 오는 걸 바라지 않았으니까. 태평양 전쟁 이후에 이 나라는 '인권'의 나라가 되었잖아. 그래서 누구에게라도 싫어하는 일을 억지로 명령할 수는 없게 되어 있었지. 총리나 도지사, 면장 누구도 그건 불가능했어. 그래서 오키나와 기지 문제도 후쿠시마 중간 저장 시설도 좀처럼 갈 자리를 정하지 못하고 부지하세월로 시간만 죽이고 있었지.

그러는 중에도 가설 처리장 후보지에 살고 있는 주민 당사자가 반대하는 사람들을 향해서 "어째서 모두를 위한 생각을 하지 못하나"고 호통도 치곤 했지. 그런 게 먹히던 시절이었으니까. 같은 입장에 있는 사람이 그런 소리를 하면 더 이상 자기의 이기주의만을 고집할 수는 없어지는 거지. 아직 그 정도의 의식이 이 땅에는 남아 있던 때였고, 그런 과정을 거쳐 가설 처리장이 생긴 곳도 몇 군데는 될 거야.

그러나 어쨌든 여기는 좀처럼 그 일이 진전이 되지 않았어. 어느새 할아버지가 여기저기서 끌어들인 방사능에 '오염'되었다는 흙, 나뭇가지, 때로는 모래, 목재가 산처럼 쌓여 갔지.

물론 그때쯤에는 이웃에 살던 사람들도 그 사실을 알게 되었지. 그러나 땅이 이렇게 넓어서 그런지 별로 신경을 안 썼던 모양이야. 아니 그게 아니라, 이웃집에서도 풀이나 나뭇가지를 가져오기 시작했다지.

"방사능 가지고 와도 좋다는 소문을 들었는데 정말이오?"

처음에는 물론 다들 머뭇거리며 조심스럽게 물어보았다지. 그러나 할아버지가 여전히 "괜찮아, 괜찮다고" 이렇게 대답을 하는지라, 점점 소문이 퍼져서 나중에는 멀리서 차에다 싣고 오는 사람까지 생겼다지. 눈앞에는 옛날에 피망을 재배하던 넓은 밭이 펼쳐져 있었는데, 수확을 마친 자리에 금방 산처럼 폐기물들이 쌓여 갔지.

당시 이 동네 방사선량은 토지에 따라 조금씩 차이는 있었지만 대략 매시 0.5마이크로시버트 미만. 일 년 내내 바깥에서 생활한다고 하면 연간 피폭량은 4.4밀리시버트 정도였을 거야. 이것을 큰일이라고 보느냐 괜찮다고 보느냐는 당시에도 의견이 엇갈려 있었단 말이지. 이 토지에는 점점 피폭당한 나뭇가지와 돌 같은 것들이 들어왔으니까 당연히 방사선량도 높았지. 참고로 그때는 원자력 재해 대책 특별 조치법이라는 법이 있어서 말이지, 거기에 정해진

기준치가 매시 5마이크로시버트였는데 여기는 오본이 지나면서 그 수치를 훨씬 넘어섰어.

자네들도 아는지 모르겠지만 이 지방에서는 정원 손질은 꼭 오본 전에 하는 게 관례야. 죽은 조상들을 맞이하기 위해 집 단장을 하는 거지. 할아버지는 물론 자기 집 정원의 나무들도 가지치기를 했지만 이웃집에서 자른 나뭇가지도 죄다 끌어들였지. 모두들 어디다 갖다 버려야 할지 몰라 걱정하던 때라, 개중에는 밤에 몰래 여기다 갖다 놓고 가는 사람들까지 나타났지. 그래도 할아버지는 그걸 가지고 절대 화를 내는 법이 없었지. 할머니는 화가 나서 씩씩댔지만 할아버지는 언제나 "괜찮아, 괜찮아" 하며 할머니를 달랬지.

그게 이 년 삼 년 동안 들어오는 양이 줄어들지 않으니 여기는 점점 방사선량이 늘어 갔어.

아마 삼 년째 여름이었을 거야. 나도 걱정이 돼서 찾아와 봤지.

짐작하는 대로 내가 그 할아버지 할머니의 아들이야. 어머니가 하도 무섭다고 전화를 해서 마누라와 자식들은 두고 와 봤더랬어. 오본이 지난 어느 날 저녁 무렵이었지.

참 굉장하지도 않더라고. 밭 넓이만 해도 천 평이 되는데 그 한가운데에 작은 산맥처럼 보이는 높이 20미터 정도의 봉우리가 생긴 게 아니겠어? 산자락 길이는 40미터는 되지 않나 싶더군. 그리고 산허리에는 밟아서 생긴 것으로 보이는 좁다란 길이 산 정상 쪽으로 구불구불 이어져 있더라고. 산꼭대기는 평평했는데 어둠 속에서 보니 거대한 군함처럼 보이는 것이 아니겠어?

할아버지는, 아니 아버지는 마침 목욕을 마치고 유카타 차림으로 툇마루에 앉아 맥주잔을 기울이고 있더라고. 어머니는 아마도 부엌에 있는지 툇마루에는 없더라고.

"어이구, 왔냐?"

아버지는 마당 끝에 서 있는 나에게 그렇게 말했어. 나는 "예, 저 왔어요"라는 말도 없이 바로 툴툴거렸지.

"뭐야, 저게."

"아, 저건……. 새로 생긴 산이라고 해야 하나……."

들어 보니 아버지는 들어오는 나뭇가지와 돌, 나무 등을 쌓아 놓고 그 사이사이에 방사능 제거 작업을 위해 배수로나 물받이 통에서 긁어낸 흙과 낙엽 등을 쑤셔 넣어 아주 단단하게 굳혀 놓았다는 게 아니겠어? 그걸 무슨 대단한 일이라도 한 것처럼 아버지는 만면에 웃음을 띠고 아주 자랑스럽게 설명을 하더라고.

"뭐 때문에 저딴 것을 만드는 건데?"

나는 다시 한 번 툴툴거리며 가지고 갔던 방사능 측정기를 가방에서 꺼내 방사선량을 재어 보았지. 산에서 상당히 떨어져 있는데도 매시 10마이크로시버트가 넘더라고.

"우왓, 이건 완전 벨라루스 수준이네!"

난 공포에 질려 방사능 측정기를 노려본 채 할 말을 잃어버렸었지. 그런데 아버지는 옆에서 혼자서 잔에 맥주를 채워 마시면서 아무 근심 걱정 없는 얼굴로 말하는 거야.

"아이구, 잘 알고 있구나. 체르노빌 사고 나고 이십팔 년이 지나서야 벨라루스는 그 정도로 내려갔다지. 그래도 죽 사람들이 살고 있었잖냐? 그런데 삼 년 전 같은 방사선량이 나온 이이타테무라(飯舘村)는 마을이 통째로 피난을 갔잖냐."

나는 솔직히 완전 질려 버렸더랬어. 아버지는 옛날부터 뭔가 궁금한 게 있으면 밤중에라도 일어나서 종이에 메모를 하는 사람이었거든. 물론 학교도 중학교밖에 안 나왔으니까 인터넷 같은 것을 알 리도 없었지. 그러나 아버지는 "농사꾼도 공부하지 않으면 안 된다"며 왜 그런지 모르지만 그 말만은 간사이 지방 사투리로 말하는 버릇이 있었지. 미소를 머금고 맥주를 마시는 아버지에게는 상당한 확신이 있는가 보다 생각되어 물어보았지.

"뭐 때문에 일부러 방사능량을 늘리는 거야?"

"모두들 버릴 데가 없어서 쩔쩔매잖아."

"아무리 그래도 그렇지, 그런 걸 다 받으면……. 아버지는 무섭지도 않아? 암 같은 거……."

"암은 무섭지 않다. 나쁜 것도 아니고."

"정신이 이상해진 거 아냐?"

"멀쩡하다. 아주 멀쩡해."

"저 놈의 산, 앞으로 어쩔 건데?"

"모른다."

아버지는 줄곧 웃고 있었어. 아무 망설임 없이 그렇게 대답을 하더군. 내가 어렸을 때 아버지는 화를 잘 내는 사람이었는데, 내가 대학생이 되고부터, 아니 증권회사에 다니게 되고부터인가, 그때부터 아버지는 전혀 화를 내지 않는 사람이 되더라고. 겉으로는 "너도 이제 어른이니까"라고 했지만, 말해 봤자 못 알아듣는 녀석이라고 생각했던 게 아닌가 싶기도 하고……. 내가 하는 일을 경멸했던 것만은 확실했지……. 처진 눈꼬리로 만면에 미소를 띤 아버지의 얼굴은 마치 추녀 가면을 쓴 것 같았지.

"자, 올라가자."

구두도 벗지 않고 뻗치고 서 있는 내게 아버지가 다시 웃으며 말했지. 그러나 나는 방사능이 너무 무서워서 견딜 수가 없었어. 잠시 동안 유카타와 양복으로 마주 서서 대치했지. 현관에서 아마 개가 짖었던 것 같기도 하네. 나하고 형이 도쿄로 올라간 다음에 기르기 시작한 개라서 별로 애착이 가지도 않았지.

"누구 왔소?"

안쪽에서 어머니의 목소리가 들렸지. 그러나 아버지는 추녀 가면 같은 얼굴로 "아무도 안 왔어" 하고 대답했지.

"자, 만날 하던 대로 두 늙은이가 맛있게 먹자고."

연극조의 아버지의 말에 미닫이 문 너머에서 오랜만에 듣는 어머니의 웃음소리가 들려왔지.

도망치듯 그 자리를 떠나 대기시켜 놓았던 택시에 올라타고 나는 나 자신도 이유를 알 수 없는 눈물을 흘렸지. 내가 불효를 한다는 생각과, 오 년이나 못 본 어머니도 보지 않았다는 죄책감이었던 것 같네. 이유는 확실히 알 수 없었지만 어쨌든 눈물로 얼룩진 시야로 들어오던 그 산이 번쩍번쩍하던 것은 기억이 나네. 나는 그게 눈물 때문인 줄만 알았지.

다음에 아버지를 본 것은 어머니의 장례식 때였어. 아버지는 암도 안 걸리고 지진 이후 이십오 년이나 지난 95세까지 살다가 노환으로 돌아가셨지. 어머니는 그 삼 년 전에 돌아가셨는데 그때 어머니의 화장이 끝난 다음에 이런 말을 하더군.

"너희 엄마를 고생만 시켰다만 갈 때는 아주 편안히 잘 갔다. 웃자고 하는 소리가 아니고 우리는 방사능 덕분에 마지막까지 보람을 가지고 살았다. 너희들한테는 미안하지만 나중에 나는 저 산 위에서 화장을 시켜 주었으면 좋겠다."

아버지는 그때 귀가 어두워서 내가 하는 "무슨 바보 같은 소리"라는 말을 "알고 있어요"로 알아들었던 모양이야. 그것은 물론 아주 나중에 깨달은 일이지만, 아버지는 그때 어머니의 영정 앞에서 내 손을 잡고 몇 번이나 "고맙구나" 하고 말했었지……. 오해 때문이라고는 하나 아버지에게 고맙다는 소리를 들은 것은 생전 처음 있는 일이었지.

형 부부는 장례식장에서 향만 올리고 거기에는 가지 않았어. 전자제품 회사의 고문이었던 형은 회의가 있다고 평계를 댔지만 틀림없이 무서워서 도망간 거야.

우리 마누라하고도 저선량 피폭에 대해 매일 밤 언쟁을 했어. 이윽고 말 한마디 안하고 서로를 오염 물질 바라보듯 하다가 결국에는 헤어졌지. 나도 그때쯤이 되어서는 세상의 방사능 소동이 좀 이상하다는 생각을 하게 되었지.

너희들은 다 이해하겠지만, 생각해 봐. 실로 많은 학자들이 양극단의 이야기를 하면서 절대 양보를 안 해. 어떤 사람은 자연 방사선량의 십만 배까지는 몸에 좋은 거라며 우주 비행사도 모두 건강하지 않느냐고 주장을 하고, 다른 쪽에서는 몇 조 엔씩이나 써 가며 미량이라도 전부 제거해야 한다고 기를 쓰잖아. 아마 '호르메시스(다량의 방사선은 생물체에 피해를 주지만 소량의 방사선은 오히려 생명체의 생리 활동을 촉진해 수명을 연장시키거나 성장 촉진 또는 종양 발생률 저하 등 유익한 효과를 준다는 주장-옮긴이)파'와 '예방의학파'라고 했던가? 양쪽 다 차분하게 대화를 했으면 좋았을 것을, 우리 부부만 해도 그게 안 되더라고. 우리 집 이혼도 따지고 보면 대리전쟁인 셈이지. 하하하.

인간은, 아니 조직이 되면 더 심해지는데, 체면이라는 게 아주 무서운 거거든. 국제 방사선 방호 위원회 즉 ICRP가 토론의 장을 마련해야 했던 게 아닌가 싶어. 그런데 그런 움직임이 없었어. 중이 미우면 가사도 밉다는 말처럼 여론도 원자력발전소가 싫으니까 방사선도 무조건 싫다 하는 풍조가 있었지. 다시 말해서 모두가 냉정하지 못했어.

그러나 자네들도 알다시피 그 원자력발전소 사고 후에 피폭 방사선량의 허용치를 통상의 스무 배에서 백 배까지 올리자는 제안을 해 온 것도 ICRP였잖아. 그런데 그 제안이 거부당하자 바로 입을 다물어 버렸지. 우리 부부하고 똑같아. 무엇이 맞는 말인지 나는 지금도 모르겠어. 단지 우리는 원자력발전소에 관계없이 몸속에 방사성 칼륨이나 탄소에서 상당한 양의 방사선을 내보내는 것도 사실이잖아. 체중이 60킬로그램이라면 5000베크렐은 내보낼 걸. 어쨌든 위원회는 정식으로는 저선량 피폭에 대한 견해는 그 뒤에도 바꾸지 않았어. 그런데 자네들이 이렇게 방사능 투어에 참가를 해서 우리 아버지가 만든 산을 구경하러 와 주었단 말씀이야. 라듐 온천의 인기도 다시 돌아왔고, 후쿠시마 현의 인구도 점점 늘어나고 있다는 거야.

아이쿠, 쓸데없는 이야기를 너무 길게 늘어놓은 것 같군. 아버지의 유언 같은 말을 이야기하고 싶었던 거야. 미리 말하지만 아버지는 암은 아니었어. "암도 나쁘지 않지" 했던 아버지였는데 마지막에는 감기가 도지는 바람에 싱

겁게 세상을 떠났다는 거야.

사촌 누이에게 연락을 받고 와 보니 아버지는 벌써 거실에 뉘여 있더군. 그래, 거기 외국인이 앉아 있는 그 자리야. 하하하. 하얀 천을 들추고 나는 처음으로 아버지의 진지한 얼굴을 보았어. 추녀 가면을 벗은 것 같은, 정말로 처음 보는 얼굴이었어.

나는 밤새 생각했지. 어머니 장례식 후에 했던 말을 생각하고 아버지의 화장을 어떻게 할 것인지 고민했어. 그러나 결론은 금방 나왔지. 어머니의 유골이 불단 앞에서 사라지고 없었던 거야.

팔 년 전 어머니가 돌아가신 후, 나도 조금씩 고향을 찾게 되었지. 회사에서 퇴직도 했겠다, 가족도 없었으니까. 아버지 걱정이 되어서라기보다는 어쩌면 이 산이 정말로 기적의 산이 아닐까 하는 생각을 하기 시작한 거야.

그리고 그 당시 아버지에게 들은 이야기가, 기르던 개가 죽었는데 그 산에 묻었다는 거였어. 죽은 아버지 머리맡에 앉아 불단을 보니 어머니의 사진만 있을 뿐이고 유골함이 없었지. 나는 금방 짚이는 게 있어서 밖으로 나왔어. 아직 초여름밤에 되지 않았는데 바람 한 점 없는 몹시도 무더운 밤이었지.

풀벌레 소리가 들려왔어. 나는 처음으로 그 산에 올라가 보았지. 올라가면서 보니 산이 예전보다 더 높아진 것 같은 기분이 들더라고. 지금보다 훨씬 높았는데 아마 30미터쯤 되었던 것 같아. 꾸역꾸역 올라가다가 가방에 방사능 측정기가 들어 있다는 게 생각났지만 방사선량을 재 보지는 않았어. 다리가 살짝 떨리는 것 같기도 했지만 더 이상 무섭다는 생각은 들지 않았어. 아무튼 아버지가 매일 하던 일이고 그 아버지가 어머니와 같은 나이인 95세까지 건강하게 잘 살았으니까.

문득 아버지의 기척이 느껴지는 듯도 했지. 달빛만이 비추는 어스름한 지면을 내려다보며 올라가자니 위쪽에서 아버지가 "괜찮아, 괜찮아" 하며 웃는 것 같은 기분이 들더라고.

산꼭대기에는 역시 자연석 두 개가 1미터 정도의 간격을 두고 놓여 있더군. 아버지는 어느 틈에 개와 어머니의 무덤을 그 산 위에 만들어 놓고 돌보고 있었던 거야. 그러니까 이 산은 봉분이나 마찬가지야.

산꼭대기에 서서 주위를 둘러보니 이웃 동네의 네온사인이 수많은 별들처럼 반짝이더군. 물론 하늘에도 무수한 별들이 아름답게 빛나고 있었지. 아버지는 어쩌면 이 경치를 알고 있었기 때문에 이 산을 만들었는지도 모르겠다는 생각이 들었어. 어머니가 돌아가셨을 때 아버지가 했던 '보람'이란 말이 문득 떠오르더군. "누구 왔소?" 하던 어머니의 목소리가 들려온 듯도 하고.

나중에 생각해 보니 그때도 산이 희미하게 빛을 내고 있었지. 그러나 그때는 그게 달빛인 줄만 알았지.

나는 다음 날 아침 일찍 절에 찾아가 스님에게 집에서 장례를 치르게 해 달라고 부탁했지. 지역 신문은 사망 광고뿐 아니라 사망 기사를 실어 주더군. 이 동네뿐 아니라 현내 여기저기의 방사능을 혼자서 다 맡았던 아버지의 죽음은 널리 알려야 한다고 생각했나 봐. 나도 좀 흥분을 했었는지도 몰라.

장례식은 굉장했지. 화환이 백 개 이상이나 늘어서고 스님이 다섯 명이나 와 준 것도 고마웠지만 조문객은 '군중'이라 불러야 할 정도였어. 도지사도 오고 면장도 대여섯 명은 왔지. 조문객이 아마 이천 명은 넘었을 거야. 그러나 정말로 압권이었던 것은 모두가 돌아가 버린 다음에 한 '화장식'이었지.

거기에 대해서 실은 스님이 적극적이었지. 아버지의 유

언과도 같은 말에 대해 의논을 하니 "합시다. 저 산 위에서 화장식을 거행하자고요" 하는 게 아니겠어. 장례 의식이 끝나고 아버지의 시신은 이웃 사람들 손에 들려 산 위로 올려졌지. 옛날식으로 장작을 쌓고 그 위에 판을 만들고 관째로 올려놓았어. 처음에는 위험해서 사용하지 말까 했던 짚단도 그 위에 산더미처럼 쌓았지. 이미 날은 어두웠고 그것은 참으로 아름다운 불길이었지. 당시는 '호르메시스'라는 인식도 상당히 퍼져 있었던 때라 산 아래서 그 불을 구경하는 사람도 백 명 정도는 되었을 거야. 그러나 사람들이 모두 돌아가 버린 다음에 전혀 예측하지 못했던 일이 일어났어. 나도 엄청 놀랐지. 스님을 집으로 모시고 들어와 술을 마시고 있었는데 뭔가 폭발하는 소리가 무지하게 크게 나는 거야. 밖으로 뛰어나가 보니 아버지 시신 주위뿐 아니라 산 전체에서 불길이 올라오는 게 아니겠어?

"괜찮아요, 괜찮아."

그 말은 아버지가 아닌 옆에 섰던 스님의 목소리였지.

원래 이 산은 수많은 나뭇가지와 풀같이 불에 잘 타는 것들을 묻어서 만든 것이잖아. 그것은 스님도 알고 있었지. 이 산은 불이 붙는다 해도 온도가 500~600도밖에 올라가지 않으니 세슘은 날리지 않는 거라고 설명해 주더군. 세

숯은 700도가 넘어야 나오는 거라나.

"정말이에요?"

"예, 괜찮아요, 괜찮아. 전부 재에 남을 거요."

스님은 직업상 그런 건지 아니면 예전에 쓰레기 소각장에 근무했다더니 그래서 그런지 상당히 자신 있는 모습이었지. "괜찮다"는 입버릇이 원래는 누구의 것이었는지 나도 몰라. 어쨌든 우리는 함께 집 바깥에 테이블을 만들고 맥주 상자를 뒤집어 의자로 삼아 거기서 마시기 시작했지.

그때 우리는 이윽고 깨달았어. 해가 뉘엿거리면서도 쉬지지 않는 주위의 공기가 왠지 투명하고 깊은 빛을 발하고 있다는 것을. 문득 올려다보니 그 산이 연보랏빛 형광색을 뿜어내고 있는 것이 아니겠어? 가끔씩 불꽃이 보이고 연기도 올라왔지만 그 전체를 싸고 있는 보라색 영기(靈氣)가 언제까지나 어둠을 제압하며 빛나고 있었어. 마치 아미타여래님이 탄 구름이 눈앞에 내려앉은 것 같았어.

불은 그로부터 며칠 간 속에서 탔고 산의 모양도 점점 찌부러져 축소되었지. 그리고 밤이 되자 산 전체가 희미하게 빛이 나더라고. 무슨 이유인지는 몰라. 여러 전문가가 와서 조사를 해 보았지만 아직도 수수께끼야. 사십구일재 다음에 아버지 유골을 수습해서 어머니 묘석 옆에 모셨지.

그때부터 빛이 강해진 것 같은 느낌이 들어. 하하하, 물론 착각인지도 모르지.

자, 이제 어두워지니 보이기 시작했네. 이제 슬슬 일어나 다 같이 '빛의 산'을 올라가 봅시다.

예예, 서두르지 않아도 괜찮아요. 오 년 전보다는 좀 약해지긴 했지만 그래도 방사선은 충분히 쏘일 수 있으니까요.

다만 아까 말했던 대로 저 산은 봉분이기도 하니까 아주 죄송하지만 합장의 예를 표해 주시겠어요?

예, 감사합니다.

예, 예. 천천히 구두를 신고 밖으로 나오슈. 아 거기, 밀지 말고. 한시라도 빨리 방사선을 쏘이고 싶은 마음은 이해하지만 모든 일에는 서로 양보하는 게 있어야 돼. 요즘 들어 외국인들도 늘어나는데 아직 영어 설명서가 없어서 미안하고만. 플리즈 컴 어게인. 하하하⋯⋯.

또 여기 좀 봐요. 이 세상의 것이라고 하기 어려울 정도로 아름답지? 투명하고 아름답고 기품 있고 게다가 표독스러운 매력도 있지 않아? 이것이 푸른색이라면 아미타여래님이 아니라 약사여래의 강림일지도 모르겠어. 오오오!

기념품 가게의 네온사인까지 하늘에 비쳐 이건 완전 동방 정토잖아. 네, 일렬로 서서 내 뒤를 따라오세요. 자세한 것은 스태프의 지시를 따르고. 괜찮아, 괜찮아. 모두 다 똑같이 쏘일 수 있습니다. 한 번 들어가는데 80밀리시버트 코스거든. 저기 저기, 멋대로 먼저 갔다가 두 번 도는 건 반칙이에요.

좀 봐주세요. 아직 흰 옷으로 갈아입지 못한 사람도 당황하지 않아도 괜찮아. 네, 그럼 천천히 출발합니다. 육근청정(六根淸淨. 육근으로 일어나는 욕망을 끊고 몸이 맑아짐. 육근은 눈, 귀, 코, 혀, 몸, 생각─옮긴이)! 산은 쾌청, 육근 청정, 산은 빛난다!……

저자 후기

신간으로 나오는 소설에 후기를 쓰다니 별로 모양새가 좋지 않지만 이번만큼은 덧붙이고 싶은 말이 약간 있다. 이 책에는 동일본 대지진 후에도 여전히 그 땅에서 삶을 이어 가는 사람들의 절절한 이야기가 담겨 있다.

상황이 극적이라고 저절로 좋은 작품이 나오는 것은 아니다. 이 여섯 개의 작품들은 재난 상황에 대한 각종 저널도 써야만 하는 상황 속에서 기적적인 몰입 덕택에 단기간에 주어진 열매라는 생각이 든다. 대지진과 원자력발전소의 사고 이후에 후쿠시마에서 살면서 지금이 소설이나 쓰고 있을 때냐 하는 질책이 어디선가 들려오는 것만 같다. 나도 그래서 〈지진 일기〉나 〈기도하는 법〉 또는 〈후쿠시마에 살다〉 등의 피해 지역과 후쿠시마의 현재를 계속 발신해 왔다.

그러나 무슨 업보인지 방사선 농도가 높다는 것을 뻔히 알면서도 호흡을 멈출 수 없는 것처럼 나 역시 소설을 쓰지 않고는 견딜 수 없었다. 가혹한 운명에 대한 자기 연민의 괴로움 가운데서도 한편으로는 그런 나 자신이 뿌듯했으니 참 알다가도 모를 일이다.

나중에 보니, 작품 제목에는 '귀뚜라미' '소금쟁이' '사마귀' 등 벌레가 줄줄이 등장하고 있었다. 무슨 까닭으로 벌레에게 그토록 시선이 갔는지 나도 모르겠다. 자연 그 자체의 상징이냐고 묻는다면 그런 것 같기도 하고, 인간 불신이 아니냐고 한다면 애매하게 고개를 끄덕이게 될 듯도 하다.

당초 이 단편집의 제목을 '나충(裸虫)'이라고 할까 생각했다. 나충이란 날개도 털도 없는 벌레 즉 인간을 말한다.

그러나 데뷔 이래 죽 신세를 지고 있는 편집자 사이토 (斎藤) 씨는 좀처럼 고개를 끄덕여 주지 않았다. 수긍을 해 주기는커녕 뭔가 부정할 때의 그녀의 버릇대로 괜히 말투가 빨라지면서 말이 많아지는 게 아닌가.

그런데 내 의견이 거절당했던 그 시간이 유쾌한 기억으로 남은 것은 무슨 이유일까? 그것은 아마도 대지진 이후를 다룬 이야기가 한 권의 책으로 나오는 것만으로도 너무 기뻤기 때문인 것 같다. 그리고 사이토 씨가 마침내 제안해 준 '빛의 산'이라는 제목 덕이 가장 크다. 어스름 땅거미 속에서 떠오르는 '빛의 산'처럼 그것은 섬뜩한 아름다움으로 나의 내면에서 서서히 새로운 광채를 더해 갔다.

아래로 가라앉는 것이 아니라 암흑으로부터의 비상이라고 할까? 과실이라기보다는 오히려 맛있는 세슘이 들어간 물방울이랄까…….

가능한 한 반감기가 긴 작품집이 된다면 이에서 더한 기쁨이 없겠다.

2013년 5월 춘분

복취화번 겐유소큐(福聚火番 玄侑宗久)

지은이 겐유 소큐(玄侑宗久)

1956년 후쿠시마 현 미하루마치 소재 후쿠쥬지(福聚寺)에서 출생했고, 게이오 대학 중국문학과를 졸업했다. 쓰레기소각장, 나이트클럽 매니저, 영어교재 판매원 등 다양한 직업을 경험한 끝에 27살부터 교토의 전문 도량 텐류지(天龍寺)에 입문하여 불도를 닦았다. 고베, 야마나시 등지에서 수행 후 1988년 후쿠시마에 귀향. 현재 후쿠쥬지 주지이며, 작가로서도 정력적인 작품 활동을 펼치고 있다.

2000년 발표한『물의 뱃머리(水の舳先)』로 문단의 주목을 끌었고, 이듬해『중음의 꽃(中陰の花)』으로 제125회 아쿠타가와 상을 수상하였다. 두 작품은 한국에서도 번역 출판되었다.『아브라삭스의 축제(アブラクサスの祭)』,『아미타바 무량광명(アミターバ 無量光明)』,『어개장기담(御開帳綺譚)』,『리라 : 신의 정원의 유희(リーラ 神の庭の遊戯)』,『테루쨩(テルちゃん)』,『사안천류경(四雁川流景)』등 소설 작품 외에도,『선적 생활(禪的生活)』,『현대어역 반야심경(現代語譯 般若心經)』,『무상의 힘 - '방장기'로 배우는 마음가짐(無常という力「方丈記」に學ぶ心の在り方)』,『기도하는 법(祈りの作法)』등 불교 및 선 관련 저서도 다수 발표하고 있다.

2011년 3·11대지진 이후 '동일본대지진부흥구상회의 위원'으로 활동했으며, 2014년 3월 단편집『빛의 산(光の山)』으로 제64회 예술선장문무과학대신상 문학 부문 수상자에 선정되었다.

겐유 소큐 공식 사이트 http://genyu-sokyu.com/

옮긴이 박승애

한국방송통신대학교 국어국문과 졸업 후, 일본의 소설과 에세이 등을 번역하다가 중앙대학교 대학원 일어일문학과에서 오에 겐자부로의 초기 소설 연구로 석사학위를 받았다. 대학원 재학 중 BK21 사업팀 중앙대학교 네오재패네스크 연구원으로 일본 문화 전반에 관한 연구를 하며 번역의 지평을 넓혔다.

번역서로는『천국은 아직 멀리』,『가마타 행진곡』,『결혼 못하는 남자』,『전원의 쾌락』,『절망은 나의 힘』,『엄마의 가출』등 20여권이 있다.

빛의 산

2015년 10월 5일 초판 1쇄 찍음
2015년 10월 12일 초판 1쇄 펴냄

지은이   겐유 소큐
옮긴이   박승애
펴낸이   박종일

교정교열   장영권
디자인   최진규
제작   창영 프로세스(주)

펴낸곳   도서출판 펜타그램
출판등록   2004년 11월 10일(제313-2004-0000259호)
주 소   서울시 마포구 성산동 199-3번지 202호
전 화   02-322-4124
팩 스   02-3143-2854
이메일   penta322@chol.com
블로그   http://blog.naver.com/pentapub

ISBN 978-89-97975-07-5 03830

※ 값 13,000원
※ 잘못 만들어진 책은 바꾸어 드립니다.